Uschi Nerke
Bei mir wäre ich gerne Tier

W0236188

Uschi Nerke

Bei mir wäre ich gerne Tier

Mit Illustrationen von
Kurt Schulzke

edition fischer

Bibliografische Information der Deutschen Nationalbibliothek
Die Deutsche Nationalbibliothek verzeichnet diese Publikation in
der Deutschen Nationalbibliografie; detaillierte bibliografische
Daten sind im Internet über http://dnb.d-nb.de abrufbar.

© 2012 by edition fischer GmbH
Orber Str. 30, D-60386 Frankfurt/Main
Alle Rechte vorbehalten
Titelbild und Illustrationen im Innenteil:
  Popart-Künstler Kurt Schulzke (www.schulzke.de)
Schriftart: Palatino 11°
Herstellung: efc/bf
Printed in Germany
ISBN 978-3-86455-984-6

Inhalt

Vor-Vorwort

Als ich begann, die Geschichten unserer Tiere aufzuschreiben, träumte mein Mann Günther noch von einem »kleinen, gemütlichen Bistro«.

Als dieser Traum dann wahr wurde, wunderte es mich überhaupt nicht, dass wir plötzlich Pächter eines Restaurants mit 80 Sitzplätzen mit dazugehörendem Saal für 350 Personen waren. Als er mir diese »frohe« Botschaft überbrachte und mich fragte: »Machst du da mit«, da sagte ich nur: »Wenn das wirklich dein Traum ist – ich bin dabei! Ich hoffe, du weißt, was da auf uns zukommt!«

Mein Mann ist gelernter Koch und Konditor, stand also in den nächsten Jahren voller Wonne in der Küche, während Nerke für die anfallenden Nebensächlichkeiten wie die gesamte Deko zuständig war. Dazu gehörte nicht nur, dass die Tischwäsche immer klinisch rein und faltenfrei gemangelt war, sondern ich war auch für das gesamte optische Bild bei Feierlichkeiten zuständig.

Und die gab es genug. Also fuhr ich unerschrocken frühmorgens gegen vier Uhr bei uns los und war dann gegen halb fünf auf dem Blumenmarkt. Dort kaufte ich alles ein, was ich für die Buffets brauchte und fing dann mit der Arbeit an. Dazu gehörten auch von mir zum jeweiligen Anlass passende gedruckte Menükarten, von mir kunstvoll gefaltete Stoffservietten (meist zwischen 50 bis 60 Stück) und passende Blumengestecke.

Während dieser Zeit haben alle unsere Mitarbeiter und auch alle unsere Freunde begriffen, dass wir uns beide nur mit den Nachnamen ansprachen. Zuerst haben sie natürlich nur große Augen gemacht, aber mit der Zeit haben sie begriffen: Wir nannten und nennen uns auch heute noch Petersen und Nerke. Aber wehe, wenn Petersen mich Uschi nannte und ich ihn Günther – dann wurde und wird es auch heute noch ernst!

Vorwort

Es geht mir unglaublich gut und ich genieße jede Sekunde. Ich liege lang gestreckt im Strandkorb auf unserer Terrasse – und ich könnte schwören, dass dies der wunderbarste Flecken Erde auf der Insel Sylt und sowieso auf der ganzen Welt ist. Abgeschieden von Menschen und Rummel genieße ich den strahlend blauen Himmel, das zeitweise Kreischen der Möwen und die doch schon heiße Sonne, die ich tapfer und wohlig ertrage.

Als ich vor ca. 30 Jahren meinen Petersen kennenlernte, war ich trotz meiner vorherigen Ablehnung bereit, mit ihm nach Sylt zu fahren. Ich hasse nämlich alle Schickimicki-Stätten – und dazu gehörten für mich damals die Insel Mallorca und auch die Insel Sylt.

Nun allerdings hatte ich es mit einem echten Sylter zu tun, der in Keitum geboren wurde, auf der Insel aufwuchs und damit ein echter naturbelassener, störrischer und eigensinniger Nordfriese ist. Das Dumme ist nur, dass man diesen Menschen eigentlich überhaupt nichts an Wünschen abschlagen kann. Sie setzen wirklich immer alles durch, was sie sich in den Kopf gesetzt haben.

Genauso erging es mir – ich musste mit nach Sylt! Und ich habe es nie bereut! Durch Petersen lernte ich Sylt von einer ganz persönlichen Seite kennen. Weit entfernt von diesen »Möchtegernpromis«, vom »Sehen und gesehen Werden« gehen wir z. B. viel lieber in eine winzige Kneipe in Keitum, die »Lüttje Stuv«, und trinken dort unser Bier. Meistens trifft mein Gatte da frühere Schulkameraden, und wenn diese Burschen ins Erzählen kommen, liege ich spätestens nach zehn Minuten vor Lachen auf dem Boden. Ich liebe diese Treffen, denn kein Fremder wird sonst mit solchen persönlichen Fakten konfrontiert.

* * *

Die Sonne brennt, die Vögel kreischen – und ab und zu braust ein Flieger über mich hinweg. Hier gibt es ja schließlich einen Flugplatz.
Ein Glas Weißwein steht neben mir und ich fühle mich fast wie im siebenten Himmel! Ich schließ die Augen – und plötzlich überkommt es mich. Obwohl ich erst gestern Abend angekommen und damit noch nicht einmal 24 Stunden hier bin, übermannt mich plötzlich ungeheure Sehnsucht.

Nerke – spiel jetzt nicht verrückt! Du bist nur einige wenige Tage hier, um dich zu entspannen und ein wenig zu erholen. Hier hast du keine Termine und keine geschäftlichen Telefonate – also bleib normal.

Aber es hilft nichts: Die Sehnsucht nach Zuhause, nach unseren Tieren und natürlich auch nach meinem Petersen ist übergroß.
Schon jetzt fehlt mir der ganze »Anhang«. Mit Petersen ist das ja weiter kein Problem – wir telefonieren sowieso vier-

bis fünfmal am Tag – aber bei meinen Tierkindern gibt es da doch so etliche normale Schwierigkeiten. Auch, wenn ich ihnen allen abends »Gute Nacht« sage, fehlen sie einfach.

Ich vermisse das zärtliche Abschnuppern unserer kleinen Sylter Katze Vicky, das liebevolle Anrobben und laute Schnurren unseres schwarzen Katers Tobi, in Gedanken höre ich das winzige zarte Stimmchen unserer Penny – und ich warte jede Sekunde darauf, dass sich unser Grieche Nikos in meinen Arm fallen lässt, einrollt und schnurrend einschläft.

Was passiert also? Nerke packt am nächsten Tag ihre Siebensachen und fährt voller Wonne wieder zurück – zurück in ihr geliebtes Chaos!
Ich fürchte, ohne dies könnte ich nicht leben – und wollte es auch nicht! Denn ich genieße es!

Ein ganz normaler Tag

Schlaftrunken tapse ich die Treppe runter. Unser uraltes Hundemädchen Tschingi kratzt an der Tür und will raus. Ich schau nach der Zeit – sechs Uhr.

Wieso jetzt schon wieder, fluche ich leise vor mich her, ich hab sie doch erst vor einer Stunde rausgelassen. Ich durfte mir zehn Minuten lang kalte Füße auf den Fliesen in der Küche beim Warten holen und danach sind wir beide wieder friedlich ins Bett.

Unsere kleine schwarze Katze Bonnie meckert mal wieder, als ich sie bei dem »Unter-die-Decke-krabbeln« ein bisschen hin- und her schaukel, aber das bin ich gewohnt. Sie protestiert sowieso alle fünf Minuten. Kaum bin ich wieder eingeschlafen, werde ich durch ein penetrantes, langgezogenes »Maaauuuu« geweckt. Ich blinzle vorsichtig in Richtung meiner Bettseite und – natürlich steht Kater Mau da und wartet darauf, dass ich mich ergebe.

Wieso kommt ihr eigentlich immer nur zu mir, schießt es mir durch den Kopf. In diesem Riesenbett schläft auch noch euer Vater! Aber nein! Ihr mauzt und kratzt immer nur auf meiner Seite.
Kater konzertiert, natürlich an meiner Seite, unbeirrt weiter und ich geb mich geschlagen. Also wieder raus aus dem Bett, wieder Bonnies Gemecker, wieder barfuß in die Küche,

diesmal allerdings nicht die Tür, sondern die Dose aufgemacht. Das muss Kater erst mal gegen den größten Hunger helfen. Das große Frühstücksbuffet gibt's erst gegen neun Uhr.

Kater stürzt sich förmlich auf das Futter – man könnte glauben, zwei Minuten später wäre er vor Unterernährung umgefallen. Allerdings kann jeder, der ihn kennt, bei dieser Einschätzung nur in grenzenloses Gelächter ausbrechen. Kater wird normalerweise auch »der Preisboxer« genannt und ist dementsprechend gut gepolstert.

Na gut, wenigstens ist jetzt wieder Ruhe. Also wieder ab ins Bett.
Seit auch unser Sohn aus dem Haus ist, kann ich mir den Luxus leisten, mir dort bis ca. acht Uhr wieder warme Füße zu holen. Jetzt ist es halb acht, also ist noch ein bisschen Bettwärme drin.

Tschingi schläft mittlerweile wie eine Tote auf der Besuchsritze, Bonnie entschließt sich dagegen, ausgeschlafen zu sein. Unter pausenlosem Erzählen drängelt sie sich unter meine Decke und legt sich lang ausgestreckt wie ein Kind in meinen Arm. Es geht doch nichts über ein bisschen Kuscheln vor dem kommenden schweren Tag.

Kurz nach acht gehe ich endlich offiziell runter. Tschingi ist inzwischen schon wieder so weit weg, dass sie mit meinem Gatten fröhlich um die Wette schnarcht. Bonnie dagegen folgt mir auf dem Fuße. Unten in der Diele liegt Kater total zufrieden lang vor der Heizung auf einem halben, ehemals von mir selbst geknüpften Teppich. Als die Wolle ausging,

ging mir auch die Knüpfpuste aus. Auf diese Weise nützt der halbe Teppich aber trotzdem noch. Kater würdigt mich keines Blickes. Wozu auch? Er hat ja schon sein erstes Frühstück weg und ist erst mal selig.

Kaum zeige ich mich in der Küche, natürlich immer noch im Nachthemd und barfuß, schaffe ich es gerade noch, das Licht und das Radio einzuschalten. Schon steht das nächste meiner hungrigen Katzenkinder am Küchenfenster auf den Hinterpfoten, schaut über die kurze Gardine und trommelt wie wild mit den Vorderpfoten gegen die Scheibe.

Wie jede gute Mutter weiß ich diese sanfte und zaghafte Andeutung natürlich sofort zu deuten und öffne die Eingangstür. Unser letzter »Neuzugang«, unser Baby Knöpfchen, saust wie der Blitz an mir vorbei, springt auf den Küchentisch, rammt mir mit seinem Köpfchen förmlich Dellen in meinen Körper und fordert irgendetwas Essbares. So schnell wie möglich greife ich eine Schale Futter aus dem Schrank und befördere den Inhalt in einen Napf.
Uff – gerade noch geschafft! Wäre ich nur eine Sekunde langsamer gewesen, hätte es sich dieser kleine Bursche bestimmt anders überlegt und hätte mit einem selbst gebastelten Schild »Hunger – zu Hause krieg ich nichts« bei Nachbars geklingelt.

Zwischendurch hat mir Bonny in aller Ausführlichkeit ihre Menüwünsche für den heutige Morgen kundgetan. Wir einigen uns wie immer auf Babykost mit Geflügel, und wieder ist ein Katzenkind mehr zufrieden.
Knöpfchens gesamtes Frühstück dauert höchstens eineinhalb Minuten.

Wenn er damit anfängt, füttere ich zur Abwechslung mal nicht Tiere, sondern die Kaffeemaschine. Irgendwann kommt ja auch mal der Mensch dran! Oder sehe ich das jetzt falsch? Knöpfchen erlebt allerdings nie eine volle Kaffeekanne, denn schon lange vorher ist er wieder wie der Blitz unterwegs.

In Ruhe gieße ich mir einen Becher Kaffee ein – und schon geht's weiter. Kater Moritz, der Zwillingsbruder von Bonny, ist fast lautlos durch die Katzenklappe im Wohnzimmer ins Haus gekommen und schmust um meine Beine herum. Er ist ein bisschen unser Sorgenkind, aber mittlerweile haben wir das ganz gut unter Kontrolle. Dieser pechschwarze, wunderschöne große Kater ist schwer zuckerkrank und braucht jeden Morgen seine Insulinspritze. Natürlich ist das für mich kein Problem. Ich habe vom Doktor gelernt, wie man das Insulin unter die Haut spritzt und es geht mittlerweile für uns beide völlig problemlos jeden Morgen über die Bühne.
Zwischen Spritze und Futter müssen wir allerdings ein wenig warten, aber Moritz hat sowieso seine Lebensaufgabe im »zu-Tode-Schmusen« entdeckt. Daher ist es kein Problem, ihn mit dem Futter noch ein wenig hinzuhalten. Er beschmust inzwischen voller Inbrunst alle Küchenmöbel, Türen, Körbe und auch immer wieder Mutters Beine.

Während ich mich jetzt futtermäßig auf Frischfleisch umstelle, schaut Tino, unser Perser, verschämt über die Gardine in die Küche. Er trommelt nicht, er motzt nicht laut rum, er hofft einfach nur darauf, dass man ihn irgendwann einmal bemerkt. Und das tu ich natürlich sofort!
Ich öffne die Tür, denn unser sanfter Tino hasst es, durch

18

diese banale Katzenklappe ins Haus zu kommen. Lieber macht er sich auf diese ruhige Art bemerkbar, und es ist verrückt – es klappt immer. Liegt das nun an ihm oder an mir? Hocherhobenen Schwanzes stolziert er gemächlich in die Küche. Er bleibt stehen und schaut mich an. Solange ich da bin, besteht jede Möglichkeit, hochgehoben zu werden. Aber mal ehrlich – muss ich andauernd? Ich bin doch schließlich kein Hebeunternehmen und Tino kann wunderbar alleine hochspringen.

Ist er endlich oben, auf welche Art auch immer, setzt er sich gemächlich hin und sichtet die Situation. Sein Motto lautet: Bei Mutter in der Küche gibt es immer was, was sich anzuschauen lohnt. Also sitzt er da und wartet.

Geh ich allerdings an den Kühlschrank und hole den Behälter mit dem frischen Herz heraus, bekommt sogar unser Tino einen langen Hals.

Gut dazu passt Moritz, dessen Wartezeit nun fast rum ist. Ich hebe ihn hoch (bei ihm mach ich das öfters, schließlich war der Junge mal linksseitig völlig gelähmt), pack mein Schneidebrett zwischen die beiden Kater und dann schneide ich Herz in einer Geschwindigkeit, als würde es um mein Leben gehen.

Gleichmäßig verteile ich es nach rechts und nach links, und als beide Kater endlich satt sind, atme ich laut aus, lasse das Messer fallen und entkrampfe meine Hände.

Gut – das wär also auch wieder geschafft!

* * *

Inzwischen hab ich schon mehrmals die zaghaften Rufe meiner beiden Graupapageien gehört.

Ach ja richtig, die wollen ja schließlich auch mal abgedeckt werden.

Also ab in den Wintergarten. Einige Male hebe ich die Decke hoch und spiele »Kuckuck« mit ihnen. Geigei versteckt sich dabei mit mir um die Wette, Rolli sieht dem ganzen albernen Treiben in stoischer Ruhe zu und lässt schließlich ein sonores »kuck-kuck« hören. Na also, er kann's doch!

Mit Schwung zieh ich das große Tuch von ihrem properen Einfamilienhaus und ernte echten Jubel. Nach einem fröhlichen Juhuuu folgt das gepfiffene Hofbräuhaus von Geigei und Rolli singt inbrünstig mit tiefer Männerstimme »Kommt ein Vogel geflogen«.

Das wird bestimmt ein guter Tag, die Stimmung der beiden ist jetzt schon blendend.

Inzwischen sammle ich Wasser-, Futter- und Obstnäpfe ein und gehe in die Küche, um alles zu erneuern und nachzufüllen. Kaum bin ich da, wacht Kater aus seinem Teppich-Tiefschlaf auf, lässt ein lang gezogenes Maauu hören, rappelt sich hoch und fordert sein zweites Frühstück. Wäre ja auch mal was ganz Neues gewesen, wenn er das verschlafen hätte.

Ich wechsel geübt vom Papageien- zum Katzenfutter über, hebe den Dicken nach oben und setze ihn genau vor dem Futternapf ab.

Mit einem innigen Blick bedankt er sich bei mir, denn seit wir den Küchenfußboden gefliest haben, hat unser Schwergewicht doch ab und zu mal Schwierigkeiten und ist beim Absprung schon des Öfteren abgerutscht. Nerke ist anscheinend doch ein Hebeunternehmen.

Ich wasche die Papageiennäpfe aus und fülle neu auf. Als Obst gibt es heute Apfel- und Bananenscheiben. Komme ich vollbepackt in den Wintergarten zurück, werde ich von zwei langen Hälsen und einem bewundernden »Ooohh« empfangen. Ab jetzt lassen mich die beiden nicht mehr aus den Augen.

Alles, was ich tue, wird genau beäugt und entsprechend kommentiert.

Zuerst wechsel ich das Papier auf dem Boden aus, sodass alles wieder sauber ist. Auch dabei kontrollieren sie mich ganz genau. Ist mal was nicht nach ihrem Geschmack, dann wird solange daran gearbeitet, bis alles wieder passt.

Als vor gut zehn Jahren z. B. Rolli zu uns kam und sein wundervolles Schlaf- und Kuschelhäuschen mitbrachte (natürlich aus Hartholz, sonst wäre schon nach zwei Tagen kein heimliches Kuscheln mehr möglich gewesen), dachte ich, ich tu den beiden mal was Gutes.

Ich rupfte frisches Gras und legte es auf den Boden ihres Häuschens.

Kein normaler Mensch kann sich vorstellen, mit welcher Geschwindigkeit die einzelnen Grashalme wieder rausbefördert wurden, Mutter auf dem Fußboden rumrutschte und alles wieder zusammenfegte.

* * *

Als ich an einem warmen Sommertag einmal mit meiner Freundin Inge auf der Terrasse das ganze große Vogelhaus mit Wasserschlauch und Bürste grundreinigte, wurde unser Werk, als wir fertig und die beiden Vögel wieder drin waren, von Geigei genau kontrolliert.

Er kletterte runter auf das Bodengitter, ging in jede Ecke des Käfigs, inspizierte alles haargenau und kommentierte jede intakte und saubere Ecke mit einem: »Oh, kuck mal! Gut!«

Inge und ich schauten uns nur an und nickten: Genau das war es, was wir nach unserer Schwerarbeit in halb durchweichten Klamotten brauchten – die Beurteilung unserer stundenlangen Arbeit durch einen Graupapagei!

Stelle ich die frischen Näpfe wieder in ihr Bauer, geht auch sofort hier die Kontrolle los. Geigei klettert flink wie ein Wiesel am Gitter lang und schaut nach, was Mutter Feines gebracht hat. Rolli sitzt inzwischen oben auf einem sicheren Ast und verfolgt alles mit lässiger Ruhe. Hatte ich schon mal erwähnt, dass die beiden ein perfektes Paar sind? Der eine rennt und der andere lässt rennen!

Wieder zurück in der Küche, höre ich bei einem Schluck Kaffee das Trappeln von Hundekrallen auf der Holztreppe. Mein altes Hundemädchen Tschingi hat jetzt anscheinend endgültig ausgeschlafen. Also öffne ich die Haustür und sie marschiert automatisch nach draußen. Lange mit ihr zu

diskutieren hat keinen Zweck mehr, denn inzwischen ist sie völlig taub, sieht ziemlich schlecht und setzt trotzdem immer ihren dicken Kopf durch – aber sonst wäre sie wahrscheinlich auch kein richtiger Tibetterrier und würde nicht zu unserer Familie passen.

Bei meinem nächsten Schluck Kaffee steht sie schon wieder vor der Tür und kratzt. Natürlich lass ich sie rein – wozu bin ich denn da. Schnurstracks läuft sie ins Wohnzimmer und kratzt wieder – diesmal am Ledersofa. Natürlich renne auch ich schnurstracks hinterher und hebe sie hoch. Seit ihr vor Jahren an beiden Hinterbeinen die Kreuzbänder rissen, sind wir für sie unentbehrlich, wenn sie auf ihre Lieblingsplätze wie Bett oder Sofa will.
Übrigens: Wie war das mit dem Hebeunternehmen?

Liegt der Hund endlich friedlich schnarchend auf dem Sofa, kann auch Mutter mal an sich selber denken. Endlich ist Zeit für die Dusche. Ich räume die Küche auf, alle Futterdosen weg und wasche die Näpfe aus. Gerade will ich zum Badetuch greifen, erscheint mein sechstes Katzenkind Mady. Noch ein bisschen verschlafen und noch warm von der Heizung, auf der sie am liebsten liegt. Und wie jeden Tag an dieser Stelle fluche ich leise in mich hinein – denn jedesmal fall ich drauf rein. Mady hat nämlich ein todsicheres Gespür dafür, wann die Küche gerade wieder blitzsauber ist – vorher würde sie nie kommen.

Also nehme ich wieder das Schneidebrett, hole die frische Hähnchenleber aus dem Kühlschrank und teile sie mundgerecht.
Mit langer Pfote und spitzen Krallen angelt sie sich Stück

für Stück und verspeist es genießerisch. Nie würde sie über das Futter herstürzen wie z. B. ihr Bruder Moritz oder solch eine Eile zeigen wie Knöpfchen. Sie speist ruhig und gesittet – es fehlt nur noch, dass sie irgendwann mal nach einer Serviette verlangt.

Hab ich endlich den Absprung ins untere Badezimmer geschafft und gerade die Tür geschlossen, kommt auch schon Protest von draußen.

Bonnie kratzt intensiv an der Tür, und wenn ich nicht sofort reagiere, springt sie auf die Türklinke. Auf diese Weise ist es ihr schon etliche Male gelungen, eine Tür zu öffnen. Natürlich reagiere ich sofort, denn mein Petersen muss ja durch das ganze Gepolter nicht unbedingt aus dem Bett fallen. Also lass ich Madam freiwillig zu mir ins Bad.

Allerdings hab ich bis heute noch nicht begriffen, was sie daran so selig macht. Hat sie eventuell Angst, dass ich sonst wegen überreizter Nerven plötzlich das Weite suchen könnte? Wäre ja vielleicht möglich – aber hier aus der Dusche kann ich wirklich schlecht entkommen und ich muss wohl akzeptieren, dass sie sich genau davon überzeugen will, wenn sie dann auf der Duschvorlage hockt. Denn wenn ich, in ein großes Badetuch gewickelt, nach oben in mein Badezimmer wechsel, hab ich nicht nur Bonnie, sondern auch noch Tschingi im Schlepptau.

Da dieses Ritual jeden Morgen das gleiche ist, habe ich schwer den Verdacht, dass die beiden ein Abkommen geschlossen haben mit dem Zusatz: »Lass sie ja nicht aus den Augen – wenn sie entkommt, was wird denn dann aus uns!«

Oben das gleiche Bild in Blau. Diesmal aber legt sich Tschingi auf die Badematte, Bonnie springt auf den Badewannenrand

24

und überwacht den Rest. Wäre ich ein normaler Mensch, hätte ich bei dieser Familie schon lange die Kündigung eingereicht – aber ich habe auch niemals behauptet, normal zu sein.

* * *

Bemerkt meine alte Hundemaus, dass ich mit Schminken und Haare Föhnen fertig bin, begebe ich mich mit meinem Gefolge in die Ankleide. Dort hab ich aber nicht nur kleidungsmäßig die Qual der Wahl, denn ich muss auch noch ganz genau aufpassen, wohin ich in diesem nicht allzu großen Raum trete. Bonnie und Tschingi legen sich nämlich jedesmal dramatisch quer und lang – und ich habe den Verdacht, dass sie gerade hier noch die allerletzten versteckten zweieinhalb Zentimeter ihrer Gesamtlänge herauszaubern, bloß damit Mutter sie auch ja bemerkt.

Kann Tschingi auch sonst nicht mehr so alles recht sehen – dass ich aber vollständig angezogen bin, das sieht sie sofort. Ab jetzt lässt sie mich keine einzige Sekunde mehr aus den Augen und klebt leise winselnd förmlich an meinen Fersen. All meine beruhigenden »ja, ja, du kommst ja mit« überhört sie geflissentlich – schaut mich mit ihren schon ein wenig getrübten Augen an und weiß genau, was gleich kommt. Denn wie jeden Tag fahren wir auch diesmal zum Einkaufen, und wenn ich nicht aufpasse, mach ich die Autotür auf – und mein fast 17 Jahre altes, schwerhöriges Hundekind springt wie der Blitz auf den Sitz. In solchen Situationen frag ich mich dann: Habe ich hier irgendwas verpasst? Warum heb ich sie eigentlich immer unter eigenen Rückenschmerzen ins Auto – und wieso kann sie plötzlich trotz ihrer beiden lädierten Hinterbeine so flink so hoch springen?

Aber wie schon vorher erwähnt – es hat keinen Zweck mehr, mit ihr zu diskutieren, Hauptsache, sie ist in meinem Auto. Auf dem Beifahrersitz legt sie sich wie ein Baby in Embryostellung hin und ich bin noch nicht einmal aus der Einfahrt, da beginnt sie selig zu schnarchen.

Parke ich vor dem Supermarkt, kommt regelmäßig ihr Köpfchen hoch und regelmäßig von mir der Satz: Mami kommt gleich wieder! Das Ausrufezeichen muss für sie genau das Zeichen sein, sich wieder in die rechte Schlafstellung zu räkeln und wieder einzuschlafen.

Übrigens: Genau das Gegenteil passiert, wenn mein Mann mit ihr unterwegs ist. Schon etliche Male meinte er, er könne sie nicht alleine im Auto lassen und wenn, dann würde sie wie verrückt mit den Pfoten am Fenster nach ihm kratzen.

Allerdings kenne ich meinen Mann: Erstens sagt er nie zu ihr: »Mami kommt gleich wieder« (ist schon mal überhaupt nicht gut!), und zweitens schaut er so lange zum Auto zurück, bis Tschingi natürlich mal wieder die Oberhand ergriffen hat. Reumütig kehrt er dann zum Auto zurück, nimmt die arme, kleine, leidende Hundemaus in den Arm und kehrt unverrichteter Dinge nach Hause zurück. Sollte ich eventuell dazu meinen Kommentar abgeben?

Wieder zu Hause werden zuerst der Hund und dann alle Einkäufe ausgeladen. Mittlerweile ist auch mein Petersen fit für die Umwelt und Tschingi begrüßt ihn wie den Obergott ihrer Hundewelt.

Nerke steht dann natürlich mal wieder total entgeistert daneben und fragt sich: Und was bin ich für sie?

Ich füttere sie, ich fahre sie, ich bade sie, ich gehe mit ihr zum Doktor, ich kümmere mich um ihr Fell, ich halte sie im Arm, wenn sie krank ist und bin Nächte wach und marschier, wenn es sein muss, jede Stunde runter und lass sie raus. Und wen himmelt dies kleine Mädchen an? Meinen Mann!

Versteh einer diese Welt!

Noch während ich all meine Einkäufe in der Küche auspacke, ist das imaginäre Rundschreiben bei allen angekommen und jeder weiß: Mutter ist wieder da – nix wie hin! Wie üblich springt als Erste unsere Mady auf den Küchentisch und untersucht gründlich jeden Beutel und jede Tasche. Es macht ihr nicht das Geringste aus, dass sie mir dabei ewig im Weg ist, sie genießt es ausgiebig, kopfüber in jeden Beutel zu tauchen und zu erkunden, ob irgendwas Leckeres dabei ist. Natürlich habe ich jedes Mal was Gutes für meine Tierkinder dabei. Im Supermarkt kennen mich schon alle Kassiererinnen ganz genau und schmunzeln, wenn sie meine Berge von Katzenfutterdosen, Trockenfuttertüten, die Packungen mit frischer Hähnchenleber, dem frischen Herz, den Knabberstangen für die Papageien, dem Hundefutter, dem Tiefkühlfisch und dazu noch die Leckerlis für alle neun Viecher sehen. Allerdings vergeht uns beiden dann regelmäßig das Schmunzeln, wenn sie mir die Rechnung übergibt und mitfühlend meint: Nächstes Mal sollten Sie aber doch auch mal wieder was für sich selber mitnehmen! Man sollte diese Frau lieben, denn sie weiß mittlerweile genau, wo's bei uns langgeht.

* * *

Kaum hab ich mich entschlossen, den heutigen Bürokram hinter mich zu bringen und sitze oben auf der Galerie an meinem Schreibtisch, klingelt es an der Tür. Ich wieder runter – Tür auf und große Freude – meine Nachbarin Biene steht mit Willi da. Ob ich will oder nicht, ich bin heute richtig erleichtert, denn man hat ja nicht jeden Tag Lust auf Rechnungen, Überweisungen und Buchführung. Heute ist eben so ein Tag.

Rauhaardackel Willi wieselt wie ein Wuselwiesel rein, total nervös vor Freude, begrüßt alle Katzen, die gerade irgendwo rumsitzen und dann endlich auch mich. Von mir kommt wieder die übliche Frage an Biene: »Hat er euch wieder hergepfiffen?«
»Naja, klar«, grinst sie mich an, »sonst würde ich doch wohl nicht so einfach reinschneien. Geigei hat so laut gepfiffen, dass ich Willi einfach nicht mehr halten konnte – und jetzt sind wir hier!«
»Na, prima, mein Petersen ist grade nicht da, machen wir uns also einen netten Weibernachmittag.«

Geigei hört nicht auf, nach dem kleinen Willi zu pfeifen, der flitzt natürlich wie verrückt zwischen Papageienhaus im Wintergarten und uns hin und her und wir versuchen, die beiden langsam zu beruhigen.

28

Rolli sitzt mal wieder seelenruhig daneben – wieso sollte ihn so etwas auch überhaupt tangieren.

Wir beide machen eine Flasche Rotwein auf, machen es uns bequem und beginnen, unseren unverhofften freien Nachmittag zu genießen. Biene ist gedanklich bei der nächsten Unterrichtsstunde – es wird über Luft gehen – wir beide albern rum und denken über Redewendungen mit Luft nach. Vielleicht wäre das ein Anfang für die entsprechende Unterrichtsstunde – bald geht uns aber auch in dieser Richtung die Luft aus.

Während sich inzwischen die Stimmung in kürzester Zeit sehr wohlig entwickelt, kommen unsere Katzen der Reihe nach und sehen immer wieder nach dem Rechten.
Plötzlich sagt Biene:»Du! Das ist doch Moritz, der da auf der Treppe zur Galerie sitzt. Hat der nicht was an seiner linken Backe?«
Sofort schieß ich hoch, bin total aufmerksame Mutter und schau mir mein Katerkind an:»Biene, tut mir leid, der schöne Nachmittag ist leider schon wieder zu Ende, ich muss mit ihm sofort zum Arzt. Er hat hier anscheinend einen riesigen Katerbiss, das Ganze muss unter der Haut geeitert haben, ist dann aufgeplatzt und jetzt hat er ein Riesenloch!«
Die brave Biene klaubt ihren braven Dackel Willi zusammen, ich hole den Katzentransportkäfig, klaube meinen schwarzen Riesenkater ein und schon sitzen wir im Auto und fahren zum Doc. Wieder mal!

In der Tierpraxis begrüßt mich das ganze anwesende Personal herzlich wie eine liebe Verwandte – schließlich habe ich auch nichts anderes erwartet, denn mittlerweile bin ich mit meinem ganzen Anhang ja schon Stammgast.

Im Wartezimmer tobt das Leben – Meerschweinchen, Hasen, Katzen und Hunde aller Größen. Anscheinend habe ich mal wieder den falschen Tag und die falsche Zeit erwischt – ich muss eine geschlagene Stunde warten, aber was tut man nicht alles für seine Kinder.

Inzwischen weiß ich, was der Hund links und der Kater rechts von mir haben, warum das kleine süße Meerschweinchen auch diesmal am Doktorbesuch nicht vorbei kommt und wir grinsen alle, als der nächste Patient, ein Riesenbernhardiner, von drei Leuten ins Behandlungszimmer geschoben werden muss. Plötzlich begreift man, warum es hier schönes glattes PVC auf dem Fußboden gibt: Es schiebt sich eben besser!

Ich sitze mit meinem Moritz geduldig auf meinem Stuhl, und als ich endlich an der Reihe bin, wird es für uns beide ernst. Natürlich hat er sich genau das eingefangen, was ich befürchtet hatte. Der Doc schneidet das bereits abgestorbene Fleisch weg und das Loch wird immer tiefer und größer. Nerke versucht sich abzulenken und betrachtet hingebungsvoll die Bäume draußen. Es folgt die übliche Spritze, die Wunde wird desinfiziert, das entsprechende Spray verordnet und Tabletten dazu.

Na, wunderbar: Ich weiß jetzt schon, dass ich bezüglich der Tabletteneinnahme wieder alle nur erdenklichen Tricks anwenden muss, damit er sie nimmt, aber wir werden sehen, wie raffiniert Mutter sein wird!

(P.S. Mutter hat mal wieder total versagt: Die erste Pille ging noch problemlos in Moritz rein, aber die Zweite hat

sogar den dreifachen Wiederholungsversuch in den besten Verstecken in Seelachsfilet-Stücken überstanden – aber irgendwie war dieser Bursche schon immer cleverer als ich.)

* * *

Zuhause unternehme ich den zweiten Versuch, meinen Bürokram unter Kontrolle zu bekommen. Aber allein dieser Versuch scheitert an der Tatsache, dass ich mich nicht auf meinen Sessel setzen kann: Mady hat ihn abonniert!

Ich versuche, mich ganz elegant vor diese Katze auf die vorderste Kante zu schieben – es klappt – aber es nervt! Also ehrlich: Schließlich ist es mein Stuhl und ich sehe irgendwann nicht mehr ein, dass ich in diesem Fall immer den Kürzeren ziehen soll. Aber wie geht es aus? Ich nehme den nächsten Stuhl!

Natürlich geht auch dieser Teil der Büroarbeit nicht so einfach ab. Immer wieder bekomme ich Besuch von irgendeiner Katze, die sich natürlich erst mal Streicheleinheiten abholen und im Fall von Bonnie einen kleinen Plausch abhalten will. Jedes Mal versuche ich, mein Schreibboard katzenposicher abzugrenzen – aber ehrlich: Wie geht so was? Regelmäßig landet ein solcher Süßer auf den Tasten und bringt Mutters Schreibarbeit durcheinander. Ich bin schon am Überlegen, ob ich mir nicht für solche Krisenzeiten eine stabile Plastikglashaube anfertigen lasse, die die Tastatur abdeckt und ich damit alle Katzenschmuseminuten ohne PC-Chaos überstehe.

Ist auch das alles überstanden, taucht mein Petersen wieder auf. Er hat inzwischen für unser Restaurant alles Notwendige eingekauft, und bevor er ins Heidehaus rüberfährt, um alles vorzubereiten, entspannt er noch ein wenig zu Hause. Kaum sitzt er, sitzt auch schon eine Katze auf seinem Schoß. An seinem Blick sehe ich: »Wieso schon wieder ich, kannst du sie nicht nehmen?«

Aber kennen Sie Katzen – ich meine so richtig? Na, dann wissen Sie, dass man bei Katzen zwar viel wollen kann, aber nie das Entsprechende erreicht.

Also sag ich nur: »Da musst du jetzt durch, Petersen, du bist eh selten genug da!«

Also erträgt mein tapferer Mann sein wonniges Schicksal!

* * *

Inzwischen dämmert es, ist es draußen kalt genug, machen wir den Kamin an, aber dazu kann es uns gar nicht mild genug sein. Kaum prasselt das Feuer und wir beide haben die Beine hoch und jeder eine Katze auf dem Schoß, den Hund entspannt schnarchend auf dem Sofa, kommt klar und deutlich von Geigei: »Gute Nacht – hopp ab ins Bett!« Rolli steuert noch ein liebevolles: »Schöööön schlafen jetzt, Rolli«, dazu und ab dann gibt es für uns Ruhesuchenden keine Ruhe mehr: Haben beide Papageien einmal beschlossen, ins Bett zu gehen, wird so lange verbal dran gearbeitet, bis sie endlich auch ihre Decke über sich haben, mit ganz vielen Küsschen meiner- und ihrerseits in die Nacht geschickt werden und nach Überwerfen ihrer Kuscheldecke endlich zufrieden sind.

Ab da kommt kein einziger Ton mehr von den beiden. Und

auch wir sind erst mal zufrieden. Die Beine sind wieder auf dem Tisch, der Hund schnarcht noch, die Katzen schnurren, das Feuer knistert und mittlerweile läuft auch der Fernseher. Wir genießen den Abend und die kurze Zeit der Ruhe, bevor mein Petersen wieder ins Restaurant muss.

Verlässt er dann sein Heim samt liebend Weib und liebend Viechern, um für genügend Katzen-, Vogel- und Hundefutter zu arbeiten, liegt der Rest der liebenden Mannschaft schon im Halbschlaf irgendwo auf der Sofa- und Teppichlandschaft.

Irgendwann gegen zehn Uhr raffe ich mich auf mit dem festen Vorsatz, in mein Bett zu gehen.

Und dann steh ich da!

Suche einen Platz!

Auf meiner Seite unseres Ehebettes gibt es kolossale Schwierigkeiten!

Oben liegt Kater, in der Mitte Bonnie, und unten auf der Besuchsritze unser Hund Tschingi.

Sofort drifte ich ins Gästezimmer ab – mein Gott, wozu haben wir so was schließlich – und was liegt da rum? Moritz auf der Decke vor dem Bett, Knöpfchen mitten auf der Bettdecke und Tino auf dem Kopfkissen. Und was bleibt für Nerke übrig? Bitte, wo darf diese arme, geplagte Tiermutter ihr Haupt für die heutige Nacht betten?

Hätten Sie eventuell einen Vorschlag? Würde es vielleicht sogar heute Nacht bei Ihnen passen? Ich warte auf einen Anruf!

Wie durch ein Wunder erhasch ich irgendwann und irgendwo ein winziges freies Plätzchen, roll mich leise und heimlich unter der Decke ein und denke nur noch: Lieber

Gott, lass mich bitte ein einziges Mal nur ganz alleine in Ruhe schlafen!

Anscheinend klappt es aber mit meiner Verbindung zu dem da oben nie, denn es dauert keine zehn Minuten und alle meine Kinder kommen wie an unsichtbaren Fäden gezogen zu mir.

Man liegt neben mir, man schmeißt sich an mich ran, man liegt auf mir drauf – und bevor ich dann irgendwann eng umlagert mit dem sanften Hundegeschnarche und dem lieblichen Katzengeschnurre trotzdem entschlummere, frag ich mich: Sollte dies die einzige, wahre Liebe sein?!

Mümmel

(Gut gehüpft ist das halbe Zuhause.)

Es war der 5. November gegen zehn Uhr abends. Mein Petersen war den ganzen Tag mit dem Auto unterwegs und wurde von mir heiß und innig erwartet. Unser Sohn Kim hatte am nächsten Tag Geburtstag und ich wollte mit Petersen noch Kleinigkeiten klären, bevor eine ganze Rasselbande unser Haus stürmte und alles auf den Kopf stellte.

Als er das Haus betrat, hörte ich nur ein gemurmeltes: »…naaabend« und danach sehr gut verständlich: »Geh doch mal ins Auto kucken!«

»Warum soll ich da denn kucken?«

»Nun geh schon. Du wirst gleich sehen, warum!«

Da ich wusste, dass es keinen Zweck hatte, weiter zu fragen, war ich sofort die brave, liebende Gattin und ging zum Auto. Ich öffnete die Tür – und konnte nicht glauben, was ich da sah!

»Petersen! Da ist ja ein Kaninchen drin – wie kommt das da rein?«

»Na, es wollte unbedingt mit – und nun ist es da! Was dagegen?«

Ich fürchte, ich stand immer noch mit offenem Staunemund in der Gegend.

Petersen kam auf mich zu, grinste mich wie ein kleiner

Junge an und ich erfuhr die ganze Geschichte: »Nerke, es war unglaublich! Stell dir vor, ich fuhr auf einer Landstraße, als die Scheinwerfer plötzlich auf meiner Fahrbahnseite irgendetwas anleuchteten. Da ich nicht erkennen konnte, was es war, bremste ich und ging nachsehen. Und was war dieses »Etwas«? Dies Kaninchen. Es hatte überhaupt keine Angst. Ich ging zu ihm, hob es hoch, redete mit ihm und setzte es dann in den Graben. Da war es sicher, denn ich wollte ja nicht, dass ihm was passierte.

Dann setzte ich mich wieder ins Auto, startete den Motor und plötzlich saß da wieder das Kaninchen vor mir auf der Straße. Auf dem gleichen Fleck wie davor! Ich also wieder raus aus dem Auto, das Kaninchen auf den Arm und im Graben wieder abgesetzt.

Kaum war ich wieder im Auto und wollte starten, blieb mir fast das Herz stehen. Da saß dieses verrückte Karnickel doch wirklich schon wieder vor mir auf der Straße!

Frag mich jetzt nicht, wie es in dem Augenblick in mir aussah! Ich blieb erst mal im Wagen sitzen und versuchte, zu überlegen. Was ging hier vor? Ich hatte noch nie von einem Kaninchen mit Selbstmordgedanken gehört – das konnte es also nicht sein! Oder suchte es nur Hilfe? Und wenn ich es einfach da sitzen ließ, konnte es doch passieren, dass der nächste Autofahrer nicht so reagierte wie ich und es einfach überfuhr. Und das durfte ich nicht riskieren!

Ich stieg also wieder aus, holte aus dem Kofferraum eine Decke, legte sie auf die Rücksitze, holte den kleinen Hoppler und setzte ihn drauf.

Er hat sich überhaupt nicht gewehrt und ich glaube, er war äußerst zufrieden mit sich. Tja – und nun zieht er bei uns ein!«

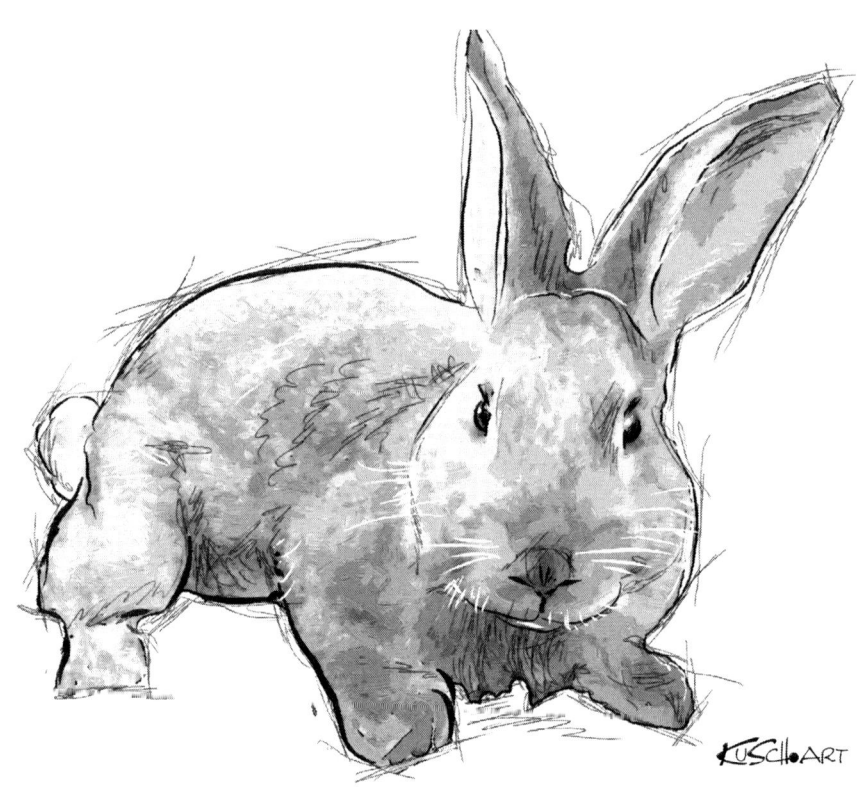

Petersen strahlte mich an – und ich strahlte doppelt zurück. Ja, so kannte ich meinen Mann! Und dafür liebte ich ihn! Wir tauften den wonnigen Nickelhasen »Mümmel«, brachten ihn erst mal in einer Holzkiste – die natürlich rein zufällig irgendwo bei uns rumstand – mit etwas Katzenfutter und Wasser unter und dann kam für uns alle die wohlverdiente Nachtruhe.

* * *

Können Sie sich als Mutter noch an Geburtstage Ihrer Kinder zurück- erinnern, die heute so lockere 25 bis 30 Jahre zurück liegen? Natürlich nicht! Und ich auch nicht.

Diesen einen Geburtstag allerdings hab ich nie vergessen.

Morgens weckte ich unseren Sohn Kim. Nachdem er sauber und schultauglich vor mir stand, gab ich ihm ein »Geburtstags-Bussi« und sagte: »Wir haben eine Überraschung für dich!«
Er sah mich an und in seinen Augen sah ich alle Fragen und Erwartungen der Welt. Was dann allerdings folgte, war auch für mich neu.

Als Petersen mit Mümmel auf dem Arm aus dem Keller kam, konnte ich Kim gerade noch davon abhalten, vor Begeisterung an die Decke zu springen. Mit lautem Juhu-Geheule rannte er zu Vater mit Mümmel, versuchte beide gleichzeitig zu umarmen und vergrub dann sein Gesicht in Mümmels weichem Fell. Keiner der beiden wehrte sich! Dann sah er Vater und Mutter an – und fragte sehr vorsich-

tig: »Ist der wirklich für mich? Darf ich den wirklich behalten?«

Petersen und ich grinsten uns an und Petersen sagte dann: »Ja, dieses Kaninchen heißt Mümmel und wird ab jetzt bei uns leben. Und es ist natürlich klar, dass du auch einen Teil der Fütterung und der anderen Aufgaben übernimmst.« Kim strahlte und von ihm kam nur noch ein: »Klar, ist doch klar«!

* * *

Mümmel entpuppte sich als absolut perfekter Familienunterhalter.
Er wurde jeden Abend von uns in seine Schlafkiste im Keller gebracht. Tagsüber war er bei uns im Wohnzimmer – schließlich war es ja draußen kalt und Winter. Seine großen und kleinen »Geschäfte« erledigte er sehr diskret und zuverlässig auf einem Silbertablett, das wir ihm vorher gezeigt hatten und er machte wirklich nur Freude, denn er hielt sich an die vereinbarten Regeln.

Da es immer noch Winter war, hatten wir oft den Kamin an und unsere Tiere genossen das warme Feuer genauso wie wir. An solch einem Abend lag rechts vom Kamin Mümmel. Total entspannt und zufrieden. Als ich ihm dann noch eine frische Wurzel gab, kam absolute Freude auf. Er nahm die Wurzel zwischen seine Vorderpfoten und fing an, von oben zu fressen.
Links vom Kamin hatte es sich inzwischen unsere Hündin Tschingi bequem gemacht – und beobachtete interessiert Mümmel. Nach einigen Minuten interessierten Beobach-

tens stand sie auf, ging locker und entspannt zu Mümmel. Ohne jede Hast nahm sie Mümmel mit ihrer Schnauze die Wurzel aus seinen Pfoten und ging zurück auf ihren vorherigen Platz.

Mümmel brauchte einige Zeit, um diese Tatsache zu verdauen. Nach spätesten drei Sekunden aber hatte er begriffen: Die hat mir meine Wurzel geklaut! Und das geht überhaupt nicht!

Er stand auf und hüpfte rüber zu ihr.

Tschingi hatte es sich mit der Wurzel inzwischen gemütlich gemacht und lag, genau wie Mümmel vorher, mit der Wurzel in ihren Pfoten und biss beherzt rein. Als Mümmel vor ihr stand und seine ihm eigene Wurzel aus ihren Vorderpfoten nahm, kam keine Gegenwehr. Zufrieden hoppelte unser Mümmel auf seinen Platz zurück und fing an, seine Wurzel weiter zu bearbeiten.

Ich bin ehrlich – ich weiß heute wirklich nicht mehr, wie oft sich die beiden die Wurzel gegenseitig klauten, aber so sechs- bis siebenmal war es schon. Petersen und ich saßen während der ganzen Szenerie auf dem Sofa vor dem Kamin und wir kamen uns vor, als hätten wir gerade den Hauptpreis im Kasperltheater gewonnen.

* * *

Der Winter war vorbei und meine beiden Männer bauten zusammen ein »Gartenhaus« für Mümmel. Es bestand aus einem festen Holzhaus mit Schlupfloch und davor einem geräumigen Vorbau mit Maschendraht.

Unsere Katzen hatten Mümmel inzwischen notgedrungen

akzeptiert – aber er tat ihnen nichts und wurde daher auch von ihnen großherzig geduldet. Tschingi allerdings hatte sich mit unserem Kaninchen inzwischen echt angefreundet. Trafen sich die beiden, gaben sie sich ein zärtliches »Nasenbussi« und gingen dann wieder friedlich ihrer Wege.

Aber auch sonst klappte es zwischen ihnen hervorragend. War Mümmel draußen in seinem »Gartenhaus«, konnte er selber entscheiden, ob er in der frischen Luft »Siesta« hielt oder seinen geschmeidigen Körper mit etlichen Laufrunden auf unserem Grundstück fit hielt.

War er mal wieder auf solch einem Trainingslauf und ich wusste nicht, wo er gerade war, rief ich nach Tschingi. Natürlich war sie sofort an meiner Seite und ich sagte dann nur zu ihr: Such Mümmel!

Ja, gut, ich habe über äußerst talentierte Suchhunde gehört, die aufgrund ihrer Ausbildung schon richtige »Finderwunder« vollbracht haben. Und ich glaube, auch unsere Tschingi hätte da ein Anrecht auf eine winzige Goldmedaille. Denn was passierte bei uns?

Nach meinem »Such Mümmel« schaute sie mich an und teilte mir mit: »Ja, ich hab dich verstanden und ich werde ihn finden!«

Ab da lief sie langsam suchend mit ihrer Schnauze auf dem Boden und versuchte, seine Fährte zu finden. Nein, es dauerte nie lange, denn plötzlich kamen irgendwo Mümmels Ohren im »Unterholz« nach oben und der Spaß begann.

Nach etwa fünf bis sechs Runden in gestrecktem Galopp entschied meistens Mümmel das Ende dieses echt fernsehwürdigen Wettbewerbs. Er sauste in sein Gartenhaus – und wusste genau: Durch dieses Loch kam seine wunderschöne, schwarze – aber doch nicht so sehr superschlanke, aber trotzdem allerliebste Freundin nicht durch.

* * *

Mümmel machte uns allen viel Freude. Er hatte sich mit all unseren vorhandenen Tieren angefreundet und Kim liebte dies wunderbare Kaninchen heiß und innig. Kam er aus der Schule, war sein erster Weg zu Mümmel.
Er setzte sich dann meistens zu ihm ins Gras und ich fürchte, er erzählte ihm dann erst mal alles, was er am Vormittag in der Schule erlebt hatte (was eigentlich bei mir landen sollte!).
Mümmel war ein äußerst geduldiger Zuhörer, blieb brav sitzen oder liegen und freute sich nicht nur über Kims Gesellschaft, sondern genoss auch die zusätzlichen Streicheleinheiten.

Eines Tages im Spätsommer kam Kim aus der Schule, platzierte seine Schultasche mit Schwung gezielt auf der Treppe und rannte in den Garten. Für mich ein ganz normaler Ablauf. Eigentlich!
Diesmal allerdings war es anders.
Nach ein paar Minuten kam Kim ziemlich atemlos zu mir in die Küche gerannt. In seinem Gesicht las ich Ratlosigkeit und dann redete er auch schon los: »Mama, Mümmel ist nicht da! Ich hab nach ihm gerufen – aber er ist nicht gekommen! Und Tschingi hat ihn auch nicht gefunden! Was ist denn passiert – wo kann er sein?«

Keine leichte Situation für mich. Auch wusste ich nicht, was ich machen sollte? Ich hatte ja noch nicht einmal bis jetzt gemerkt, dass Mümmel nicht mehr in seinem Gartenhaus war. Da stand ich dann – und versuchte meinen Sohn zu trösten:»Mach dir keine Sorgen – vielleicht ist er nur die Nachbarn besuchen – und heute Abend ist er wieder hier zu Hause.«

Nein, es ging mir überhaupt nicht gut, als ich versuchte, ihn mit dieser Floskel zu beruhigen, denn irgendwie hatte ich ein komisches Gefühl. Kim schnappte sich seine Schultasche und ich fand ihn völlig niedergeschlagen in seinem Zimmer. Er saß da, sagte nichts – und ich wusste: Er war unendlich traurig. Er wollte sein Mittagessen nicht – und das war für mich die Bestätigung, hier musste irgendwas passieren!

Ich drängte ihn nicht – ich sagte nur zu ihm:»Du kennst doch die meisten Familien hier bei uns in der Strasse – und du weißt auch, wer von denen Haustiere hat. Also, wenn Mümmel irgendwo hingelaufen ist und bei einem unserer Nachbarn eingecheckt hat, dann solltest du das doch ziemlich schnell rausfinden können!«
Ich sah ein winziges Licht in Kims Augen – und er sagte:»Mama, das ist eine tolle Idee!«

Nach dem Essen sauste er sofort los. Es dauerte fast zwei Stunden, bis er wieder kam. War das nun schlecht – oder gut? Ich war schon ziemlich unruhig, aber als er dann über die Terrasse ins Wohnzimmer stürmte, wusste ich Bescheid! Er strahlte mich an, warf sich in meine Arme und fing an zu erzählen:

»Mama, deine Idee war toll! Ich wusste gar nicht, wie viele tolle Nachbarn wir haben! Alle waren unglaublich nett zu mir, und dann habe ich bei Nr. 23 geklingelt. Die Mutter hat mir geöffnet, dann habe ich wegen Mümmel gefragt.«

»Ja und?« Jetzt war ich mal diejenige, die ungeduldig wurde.

»Hast du ihn gefunden? Und wenn ja – geht es ihm gut?« Noch immer stand dieser Junge vor mir und strahlte mich an.

»Mama, es geht ihm voll toll gut!«

»Und bitte, wie und warum?«

»Mama, du wirst es nicht glauben! Er hat da eine Freundin gefunden.

Sie ist ein gaaanz süßes Kaninchenmädchen. Die beiden mögen sich ganz doll – und ich hab ihnen versprochen, dass Mümmel dableiben darf – aber ich darf ihn immer besuchen.«

Ich glaube, ich atmete hörbar aus!

Das war wieder einer solchen Momente, in denen ich an ein höheres Wesen glaubte. Und ich war dankbar, dass sich in diesem Fall alles so wunderbar ergab.

Bonnie

(Die Kapriziöse)

Bonnie riecht permanent nach Weichspüler. Ich brauche nur meine Nase in ihr schwarzes, seidenweiches Fell zu stecken und ich weiß: Aha, letzte Woche hast du die Marke gewechselt!
Ich weiß, Katzen sollten eigentlich nach Gras, Bäumen und sonstiger Natur riechen. Bonnie tut das nie! Seit es diese Dame bei uns gibt, bin ich versucht, Katzen als Schlaftiere zu bezeichnen. Sie geht mit mir jeden Abend pünktlich zu Bett (daher der angenehme Wäschegeruch) und sucht sich nach vielen verbalen Diskussionen mit mir ihren Schlafplatz für die Nacht.

Ich weiß gar nicht, warum wir beide jeden Abend erneut über dieses Thema diskutieren, denn schließlich endet es immer wie gehabt.
Sie macht sich genüsslich auf meiner Bettdecke breit und ich versuche krampfhaft, meine Beine irgendwo unterzubringen.
Jeden Abend sage ich ihr: Dies ist mein Bett! Und sie antwortet mir klar und eindeutig: Halt die Klappe, dies ist auch mein Bett!

Also ergebe ich mich jede Nacht aufs Neue und halte meinen Mund.

Es hätte auch gar keinen Zweck, gegen diese Katze anzuge-
hen, sie hat immer das letzte Wort.
Sogar mein Mann hat mir dieses bestätigt, und das will was
heißen!

Während unserer gemeinsamen Nacht entwickelt sie sich
regelmäßig zu einer übertemperierten Wärmflasche, sodass ich auf die Außenbezirke meines Betts auszuweichen
suche. Obwohl aber unsere Betten die Traummaße von
zwei mal zwei Meter besitzen, lande ich jedes Mal im Ab-
seits. Robbe ich auf die rechte Seite (natürlich immer nur
ganz sanft und verhalten, ohne Ihre Hoheit eventuell über-

mäßig zu stören), lande ich auf dem Fußboden. Versuche ich es auf der linken Seite, kollidiere ich regelmäßig mit unserem alten Hundemädchen, die grunzend und schnarchend ihre wohlverdiente Nacht durchlebt. Zuflucht nach oben kann ich auch nicht nehmen, denn da residiert quer wie breit und lang über meinem Kissen Kater Mau, unser »Preisboxer«.

Was bleibt also einer so geplagten Mutter übrig: Sie zieht vorsichtig die Beine rechts und links von Bonnie nach oben, versucht den Hund seitwärts und den Kater oben nicht zu wecken und steigt vorsichtig im Dunkeln aus dem Bett. Die Flucht geht in Richtung Gästezimmer. Ganz leise tapst sie über den Flur ins dunkle Zimmer. Bloß kein Licht machen, die Viecher könnten ja aufwachen und sie verfolgen! Sie tastet sich langsam ans Bett, hebt vorsichtig die Bettdecke und findet – ihren Mann!
Wir lieben diese Nächte!

Wenn Bonnie Sehnsucht nach Streicheleinheiten und Zärtlichkeit hat, kennt diese Dame kein Pardon. Sitze ich gerade am Schreibtisch – sei es bei der Buchführung oder bei anderen Arbeiten am PC – es kümmert sie nicht im Geringsten. Unter lautem Gezeter erobert sie besagten Schreibtisch, marschiert unbeirrt über Tastaturen und Belege, und wenn endlich alles genügend durcheinandergebracht ist, setzt sie sich mit ihrem kleinen schwarzen Po mitten auf alles, was Nerke gerade wichtig ist und fordert lauthals eine Schmusepause.

Sitzt mein Petersen in solchen historischen Momenten gerade mal gegenüber an seinem Schreibtisch, versuche ich,

Bonnie zwischendurch einmal rüberzuschieben. Nach zehn Sekunden kommt sie dann allerdings wieder laut mauzend zurück und ich steh wieder am Anfang. Also lass ich alles stehen und liegen – denn sonst hab ich für den Rest des Tages keine ruhige Minute mehr.

Ist sie auch manches Mal eine bildschöne, pechschwarze, kleine Zicke – so niedlich sieht es aus, wenn sie »Plattfisch« spielt. Sie liegt dann lang ausgestreckt platt auf dem Bauch, das Köpfchen vorgestreckt und alle vier Beine unter sich begraben. Jedes Mal sieht das so wonnig aus, dass ich regelmäßig nach dem Fotoapparat sprinte – den ich dann auch meistens nie finde. Warum liegt er – um alles in der Welt – immer irgendwo anders? Es ist mir ein absolutes Rätsel, denn ich lege ihn immer nur in die gleiche Schublade – oder etwa nicht?

Tino

Tinos liebste Beschäftigung ist es, bei mir in der Küche zu sitzen und mir zuzuschauen. Egal, was ich tue, er findet alles höchst interessant. Sitzt er mir auf der Arbeitsfläche mal im Weg, kann ich ihn einfach wie ein kleines Paket hochnehmen und umsetzen. Es kommt von ihm kein Protest, keine Debatte, kein Wehren – einfach nichts! Egal, wie oft ich ihn umdrapiere – er versteht ganz offensichtlich die Notwendigkeit.

Gebe ich ihm dann mal einen dicken Kuss auf seinen weichen Rücken, schaut er sich erstaunt in der Runde um, ganz nach dem Motto: Wen hat sie denn damit gemeint – doch wohl nicht mich?

Als Tino früher noch bei unserer Tochter lebte, konnte ich diesem meist reglos dasitzenden, bildschönen Perserkater mit seinen Riesenkulleraugen nicht sehr viel abgewinnen. Auf mich machte er damals immer den Eindruck eines sehr dekorativen Einrichtungsgegenstandes. Er tat nichts, er sagte nichts, er existierte nur und war schön!

Eines Tages stand dann unsere Tochter mit Tränen in den Augen vor uns.
»Ich muss Tino weggeben. Der Arzt hat es jetzt endlich rausgefunden: Mein ganzes Asthma kommt von einer

hochgradigen Katzenallergie. Ich kann ihn einfach nicht behalten – so sehr ich ihn auch liebe. Ich weiß nicht, ob ich ihn einschläfern lasse oder ins Tierheim gebe, was soll ich denn nur machen?«, fragte sie völlig verzweifelt.

Wusste sie auch nicht, was zu tun war, mein Mann und ich wussten es sofort! Gleich am nächsten Tag zog Tino bei uns ein und erhöhte unseren Katzenbestand auf fünf. Und ab da lernte ich diesen kleinen Mann mit anderen Augen zu sehen.

Wie wir ziemlich schnell herausfanden, gehört Tino zu den weichherzigsten, liebsten und verträglichsten Vertretern seiner Rasse.

Er ist nie zickig oder aggressiv wie z. B. seine große Liebe Bonnie.

Mit ihm gibt es keine Debatten, keine Auseinandersetzung.

Er drängelt nie, wenn er Hunger hat. Er sitzt einfach da und wartet. Allerdings weiß er natürlich auch ganz genau, dass er zur rechten Zeit schon an die Reihe kommt. Also wozu soll er motzen?

So sanft er auch sonst im Wesen ist, er weiß, was er will! Seinen Schlafplatz auf meinen Beinen z. B. erkämpft er sich mit einer Penetranz, die mich immer wieder in Erstaunen setzt. Mehrmals am Abend nimmt der kleine Kerl Anlauf. Klappt die Sache gleich beim ersten Mal und meine Beine sind katzenfrei, geht für ihn förmlich die Sonne auf. An seinem Geheimschalter knipst er seine Knattermaschine an und versucht in etlichen Anläufen, die richtige Liege-Schlaf-Genieß-Position zu finden.

Laut schnurrend trampelt er auf mir im Milchtritt rum, haut mir inbrünstig seine Krallen in die Haut und schaut mich erschreckt an, wenn ich vor Schmerzen manchmal laut aufschreie. Total unverständlich sind auch meine für ihn völlig übersteigerten Reaktionen, wenn er sich an meinem Bein wie an einem Baum hochhangelt und lustvoll die Krallen in mein Bein bohrt, dass es blutet.

Wenn aber all dies überstanden ist, habe ich wieder den liebsten, zärtlichsten kleinen Kater auf mir rumhocken und ich fühle mich sehr schäbig, dass ich wirklich mal eine hundertstel Sekunde an Mord gedacht hatte.

Was mich auch immer wieder verwundert: Wo lässt dieser kleine Kater eigentlich diese Unmengen an Futter, die er vertilgt?

Morgens frisst er ein großes Stück frisches Herz, macht danach eine Reihe seiner äußerst geräuschvollen Bäuerchen (oh Gott, es geht ihm doch wohl hoffentlich noch gut?) und verzieht sich danach zu einem ausgiebigen Schläfchen. Wohin, weiß ich immer nur nach ausgiebiger Suche.

Mittags taucht er im Kielwasser der anderen Katzenkollegen auf – wartet aber immer diszipliniert, bis alle Kumpels und Mädels ihr Mahl hatten, und bringt sich dann ganz zart mit einem seiner kläglichen, langgezogenen »Määääs« an meinem Bein in Erinnerung. Ich hebe ihn hoch und er stürzt sich mit wahrer Wonne auf die Reste. Was kann für ihn schöner sein, als ein – wenn auch schon dezimiertes – aber immerhin noch vielseitiges Buffet vorzufinden?

Er genießt, rülpst und geht wieder irgendwo schlafen. Das Haus ist groß, die Terrasse birgt viele interessante Plätzchen unter Decken und auf Kissen und im Garten stehen endlos viele Büsche. Wir machen es eben vom Wetter abhängig.

Vielleicht fangen wir uns dabei ja auch einige von diesen wundervollen Zecken ein.

Abends wird es dann ein bisschen komplizierter. Natürlich wird noch einmal ein kleiner Imbiss genommen, aber das ist nicht der Punkt. Sein Problem ist: Wie kann ich vor meiner großen Liebe Bonnie den Platz auf Mutters Knien sichern? Jeden Abend geht er dieses Problem erneut an nach dem Motto: Wer wagt, gewinnt ab und zu vielleicht auch mal! Also wagt er andauernd!

Meistens robbt er sich dann langsam auf der Sofalehne an das Ziel seiner Träume ran. Erblickt er seine heißgeliebte Angebetete bereits auf meinem Schoß, spielt er den absoluten Gentleman und signalisiert mir mit den Augen: »Ist ja gut, sie war eben vor mir da. Ich versuch's dann eben morgen noch mal.«

Schießen einem da nicht vor lauter Edelmut die Tränen in die Augen?

Mady

(Die Geheimnisvolle)

Wenn diese Katze mich ansieht, weiß ich nie, was in diesem Tier vor sich geht. Sie sitzt da wie ein übrig gebliebenes, ägyptisches Exemplar aus der Zeit Tut-Ench-Amuns. Hoheitsvoll, undurchdringlich, geheimnisvoll und unbezwingbar. Ihre Augen sind nicht gelb, sondern grün und nicht von dieser Welt. Sie blickt dich damit nicht an, sondern durch dich hindurch. Sie taucht ein in eine andere Welt und du hast den Eindruck, sie weiß alles!
Genau wie bei ihrer Schwester Bonnie habe ich immer wieder den Eindruck – sie sind nicht das erste Mal auf dieser Welt. Diese wissenden Augen signalisieren zu viel uralte Weisheit.

* * *

Als wir vor einigen Jahren im Sommer in Urlaub fuhren, hat sie es fertiggebracht, ein halbes Jahr zu verschwinden. Unsere Freundin Inge hütete wie immer bei uns ein. Sie liebt alle unsere Tiere und alle unsere Tiere lieben sie. Am Tag unserer Abreise zog sie ein und die Übernahme erfolgte wie immer völlig problemlos. Allerdings nicht bei Mady.

54

Genau einen Tag, nachdem wir abgereist waren, packte sie unbemerkt und unbeirrt ihren Rucksack. Sie kam gerade noch zum Frühstück und ging danach, ohne sich zu verabschieden. Inge meint allerdings bis heute noch, der letzte Blick von ihr wäre besonders intensiv und rätselhaft gewesen.

Wo ging sie hin? Warum ging sie fort? Haben wir irgendetwas falsch gemacht? Wir stellten uns alle nur erdenklichen Fragen. Es musste doch einen Grund geben. Wir haben es nie erfahren.

Sie ging im Sommer und kam wieder im Winter. Sie war zwar nicht gerade unterernährt, aber sie war ausgehungert. Ich werde diesen Abend nie vergessen.

Mady war schon immer Petersens Katze. Ich selber hatte zu diesem rätselhaften Wesen merkwürdigerweise nie diese innige Beziehung wie mein Mann. Sie ließ mich einfach nicht an sich ran. Ich durfte sie zwar füttern, eventuell auch mal kurz streicheln, aber sie ging grundsätzlich nur auf seinen Schoß.

Dieser Rückkehrabend war der 24. Dezember, also Heiligabend. Seit genau sechs Monaten war sie verschwunden. Wir hatten inzwischen alles nur Erdenkliche unternommen, um sie wiederzufinden, und ich hatte eigentlich keine Hoffnung mehr. Petersen dagegen hatte sie nie aufgegeben.

Am Heiligabend fragte unser Sohn seinen Vater: »Na, Papa, was wünscht du dir denn zu Weihnachten?«

Und Petersen antwortete: »Ach Kim, eigentlich gar nichts. Ich möchte nur, dass unsere Mady wieder nach Hause kommt.«

Es wurde Mitternacht. Es war Ruhe im Haus und wir wollten ins Bett gehen. Ich war schon oben, als ich plötzlich einen lauten Schrei von meinem Mann hörte:»Nerke, komm schnell, Mady ist wieder da!«
Ich stürmte nach unten, aber da war sie auch schon wieder durch die Katzenklappe rausgelaufen.
Wir waren in heller Aufregung! Warum kam sie nach einem halben Jahr zurück? Warum erst heute und was war mit ihr passiert? War sie gesund?

Mit wenig Kleidung stand ich dann bei zwölf Grad minus ca. eine Stunde beim nachbarlichen Holzschuppen und versuchte, sie mit »Miau«-Sprache zu mir zu locken. Ich erhielt zwar immer Antwort, aber sie kam nicht viel näher. Dann bat ich meinen Mann, einen Napf mit Futter zu bringen. Ich stellte ihn in Greifweite und hatte nach kurzer Zeit eine fast zu Tode erschöpfte Katze in meinen Armen. Endlich in unserem Haus ließen wir sie sich ordentlich satt fressen, verbarrikadierten die Katzenklappe und ließen sie richtig ausschlafen.

Am nächsten Tag tat sie so, als wäre nicht das Geringste passiert. Sie fügte sich mühelos wieder in den üblichen Fress-, Schlaf und Schmuserhythmus ein und kam jedes Mal wieder brav von draußen rein.
Bis zu ihrem nächsten Ausflug!
Ergründe einer dieses Wesen!

Die Katzenklappe

In die Terrassentür unseres Hauses haben wir eine Katzenklappe einbauen lassen. Dadurch muss nicht einer von uns wie am Anfang unserer »Katzenzeit« so lange bis in die Nacht aufbleiben, bis die Herrschaften alle geruhen, nach Hause zu kommen.

Alle Katzen benutzen sie. Mal laut, mal leise und manchmal wird vorher mit der Klappe auch »geklingelt«. Einige schlüpfen wie ein Pfeil durch, andere wieder durchsteigen sie in Zeitlupe. Jede hat da so ihre eigene Technik. Auf jeden Fall ist es für uns eine praktische Sache und wir müssen nicht jedes Mal aufstehen und die Tür öffnen, wenn einer unserer Stubentiger rein oder raus will.

Eine Katze allerdings hat es bis heute noch nicht begriffen, und zwar Mady. Sie will einfach nicht einsehen, dass sie ihren edlen Körper durch dieses Loch zwängen soll, wenn doch mindestens einer von uns da ist, der sie auf viel elegantere und wenig mühsamere Weise durch die Terrassentür lassen könnte. Also setzt sie sich in ihrer unvergleichlichen Art ca. einen Meter vor die Tür und damit auch vor die Klappe und wartet.

Als wir sie das erste Mal so sitzen sahen, waren wir ganz begeistert von ihrer Schönheit und ihrer Art, wie aus Stein gemeißelt und ohne sich zu bewegen, einfach nur zu

existieren. Allerdings wussten wir damals noch nicht, was das alles zu bedeuten hatte.

Nach ca. zehn Minuten gibt sie ein total gelangweiltes, mittelmelodiöses einfaches »Mau« von sich. Mittlerweile kennen wir diese Zeremonie und sagen nur in ihre Richtung: »Ja, ja, so eilig wird's ja wohl nicht sein.«

Es kann gar nicht eilen, denn Madam sitzt mindestens weitere fünf Minuten bewegungslos auf ihrem Platz. Plötzlich kommt ein weiteres einziges »Mau« von ihr, diesmal allerdings ein klein wenig lauter und ein klein wenig intensiver.

»Fang ja nicht an zu hetzen, du kannst ja durch die Klappe gehen, wenn du es so eilig hast.«

Aber ich frage Sie: Welche wohlerzogene edle Dame rennt schon mit hängender Zunge im Galopp durch die Klappe zum Klo?

Also erstarrt sie weitere fünf Minuten in Schönheit und lässt dann schließlich ein langgezogenes, äußerst intensives »Miaaau« hören, das irgendwie an eine Polizeisirene erinnert.

Jetzt wird es aber wirklich kritisch bei ihr.

»Wer steht auf?«

Meistens lass ich mich überreden und öffne die Tür. Wenn Sie jetzt aber glauben, sie würde eilig hindurchschlüpfen, dann irren Sie. Madam bleibt noch einige Herzschläge lang vor der offenen Tür sitzen, erhebt sich dann graziös und schreitet hoheitsvoll nach draußen. Aber wie schon gesagt verstehe einer dieses Wesen.

Ist nämlich keiner von uns in der Nähe oder sie sieht keinen von uns, geht sie ohne zu Zögern schnurstraks auf die Klappe zu und schlüpft elegant hindurch.

Ein anderes Ritual erleben wir immer wieder mit Tino, unserem sanften, bescheidenen Schäfchen. Tino liebt es, nachts draußen zu schlafen. Nach dem Abendessen verschwindet er, nach mehrmaligen vergeblichen Versuchen, endlich durch die Klappe nach draußen. Er sucht sich sein Plätzchen entweder auf einem Stuhlkissen vor dem geschützten Hauseingang oder auf einem bequemen blau-weißen Kissen der Terrassenstühle. Es schläft sich herrlich dort, wenn die Nacht lau und die Luft wie Samt ist. Man steht morgens auf, streckt sich und wartet darauf, dass sich in der Küche etwas bewegt. Irgendwann wird dann auf wundersame Weise die Tür geöffnet und es gibt Frühstück.

Wenn allerdings die Nacht ein bischen kühler ausfällt, möchte natürlich auch unser Schäfchen am liebsten drinnen schlafen. Genau dies fällt ihm aber nicht etwa abends gegen zehn oder elf Uhr ein, wenn noch einer von uns da und wach ist, sondern meistens erst zwischen drei und vier Uhr nachts. Dann setzt er sich vor die Katzenklappe und beginnt zu »morsen«. Mit seiner Pfote stupst er gegen die Schwingklappe und jedes Mal, wenn sie in der Mitte am Magneten vorbeikommt, macht es »klapp«.

In Traumnächten hält er diese Prozedur ununterbrochen eine geschlagene Viertelstunde durch. Er könnte wahrscheinlich noch länger, aber ich nicht! Also bin ich mal wieder auf nächtlicher Wanderschaft und turne schlaftrunken nach unten. Öffne ich dann endlich Tino die Tür, kommt er fröhlich herein, strahlt mich mit seinen kullerrunden Augen an und bedankt sich mit einem seiner schrägen »Määäs«.

* * *

Unsere kleine Diva Bonnie geht die Sache wieder anders an. Ist sie sich sicher, dass jemand von uns als Türöffner da ist, fängt sie schon von Weitem an uns zu erzählen, warum sie jetzt vorhat, nach draußen zu gehen. Vor der Terrassentür angekommen, streckt sie sich, haut ihre Krallen ins Rahmenholz und beginnt, es mit passenden Kommentaren unterstützt, inbrünstig zu bearbeiten.

Sie können sich sicher vorstellen, dass ich wie der Blitz hinstürze und die Tür öffne. Es muss ja nicht jedes Mal ein neuer Fensterrahmen sein!

Aber auch sie kann natürlich alleine durch die Klappe. Begibt sie sich nämlich zu ihrem allmorgendlichen Frühspaziergang (so gegen fünf oder halb sechs), muss sie förmlich wie ein Geschoss durch die Klappe fliegen. Diesen fürchterlich lauten Klapperton würde ich unter Tausenden herauskennen, denn er reißt mich jedes Mal aus meinen sanftesten Träumen und lässt mich regelmäßig senkrecht im Bett sitzen.

Möchte sie allerdings wieder ins Haus, springt sie auf die Fensterbank vor dem Küchenfenster, stellt sich aufrecht, schaut über die Halbgardinen in die Küche zu mir und ballert mit ihren kleinen Pfoten an die Fensterscheibe. Wer könnte dieser zarten Bitte auf Einlass widerstehen?

Otto

(Auch wer meckert, wird bei uns gehört.)

Ja, und dann gab es auch noch Otto.

»Könntet ihr ihn eventuell noch bei euch aufnehmen? Der erste Besitzer wollte ihn erschlagen und schlachten, der Zweite sofort grillen und nun hat ihn mein Hausbesitzer gerettet und bei sich untergebracht!«
Ich schaute meine Freundin Inge erstaunt an: »Wer soll gegrillt werden?«
»Na, der Ziegenbock! Und dabei ist er sooo süß und auch sooo zahm und gaaanz klein und macht bestimmt auch überhaupt keinen Ärger!«
Mein Blick in Inges Augen wurde intensiver. »Inge, du glaubst doch wohl nicht allen Ernstes, dass wir hier auch noch einen Ziegenbock aufnehmen. Mag er auch noch sooo niedlich und klein sein, er ist immerhin ein Bock!«
Wer aber kann einer lieben Ziege samt armem Bock widerstehen? Ich nicht! Und mein Mann schon gar nicht.

Also fuhr ich wenige Tage später los, um Otto abzuholen. Otto entpuppte sich als bildschöner, afrikanischer Zwergziegenbock, der fröhlich vor sich hermeckerte. Inges Hausbesitzer und Bockretter band mit viel Aufwand und gegen Ottos Willen seine vier Füße zusammen (»Er geht Ihnen sonst durch die Scheiben, der Kerl hat Riesenkräfte«, ach, danke, und ich dachte, er wäre sooo lieb und zahm), hievte ihn in den hinteren Bereich unseres Vans und legte ihm zum Schluss auch noch eine Decke über die Augen, wegen der Panik, meinte er.

Die Fahrt zu uns dauerte etwa zehn Minuten. Otto ließ am Anfang einige herzerweichende Schreie los, ergab sich dann aber still seinem Schicksal. Er tat mir unendlich leid. Würden wir Menschen anders handeln?
Als wir bei uns ankamen, öffnete ich die Heckklappe und dachte nur: Dies arme Wesen, wie bekommst du es bloß ohne Blessuren hier raus?

Da mein geliebter Mann mal wieder nicht da war, half mir Gott sei Dank ein Nachbar. Er hob ihn raus, schnitt ihm die Fußfesseln auf und schenkte uns auch noch ein kräftiges, langes Seil. Nun stand Otto endlich in unserem Garten. Ich band ihn mit genügend Auslauf an die große Laterne und Otto meckerte aufgeregt um sich rum.

Er merkte ziemlich bald, dass er nicht alleine war. Während der Ausladeprozedur hatten sich nämlich inzwischen unsere Hündin und unsere Katzen eingefunden, um den neuen Mitbewohner entsprechend zu beäugen. Im Wintergarten saßen die beiden Papageien auf ihren Stämmen und mussten wieder einmal feststellen, dass für solch umwerfende Ereignisse ihre Hälse einfach drei Millimeter zu kurz waren, um alles genau mitzubekommen. Dies war wieder so ein Augenblick, in dem sie viel lieber Schwäne gewesen wären.

Während unser altes Hundemädchen sorglos und schwanzwedelnd auf Otto zuschlenderte, hatte jede Katze eine inzwischen strategisch wichtige Position im Garten bezogen und beobachtete, was da vor sich ging. Ein Hund, der bellt, war ihnen bestens bekannt. Aber ein Wesen mit Hörnern, das auch noch laut und inbrünstig meckert, war ihnen neu. Vielleicht war es einfach auch nur, dass sie Ottos Sprache noch nicht verstanden. Wie aber die Zukunft zeigte, sind sogar auch Katzen sehr fremdsprachenbegabt.

* * *

Mein Leben veränderte sich sehr durch Otto. Hatte ich bisher morgens nur fünf sehr eigene Katzen mit sehr eigenen Speisewünschen zufriedenzustellen, mich um einen alten Hund mit noch viel eigeneren Eigenheiten zu kümmern und durfte unsere zwei starrsinnigen, aber überaus witzigen Graupapageien verköstigen und ihren Käfig saubermachen, so gab es jetzt auch noch unseren Otto.

Otto nächtigte im ehemaligen Spielhaus unseres Sohnes Kim, das ungefähr die Größe einer Hundehütte für einen Schäferhund hat. Mein Mann Günther hatte ihm Stroh als Liegebett reingegeben und unser Ziegenbock fühlte sich darin sichtlich wohl. Jeden Morgen allerdings, wenn er mich auch nur aus der Entfernung glaubte zu hören, kam er aus seinem Häuschen raus und meckerte, sprich, rief nach mir. Diese Rufe waren dann so herzzerreißend, dass ich entgegen meinen sonstigen Gewohnheiten nicht im normalen Tempo, sondern im Laufschritt die Treppen runterlief und mich an die Arbeit machte.

Otto hatte anscheinend bisher ein ziemlich schlimmes Leben geführt und bei Inges Hauswirt auch nur am Pflock gestanden und das karge Gras, was bei dem täglichen Rasenmähen über blieb, knabbern dürfen. Bei uns sollte Otto es besser haben.
Also schnitt ich Mohrrüben, ältere Äpfel, und alles übrig gebliebene Gemüse in mund- sprich ziegengerechte Stücke. Hatte ich noch frische Kartoffelschalen über, kamen sie auch noch dazu als Frühstücksdekoration. Ich gab alles in eine leuchtend-blaue Plastikschüssel, und sobald mich Otto hörte und sah, war er nicht mehr zu halten.

Zuerst stellte ich seine Fressschüssel an die Laterne und ging dann zu ihm, um ihn vom Schlafhaus zum Frühstück zu bringen. Jeder Zeichentrickfilmer hätte an uns bestimmt seine Freude gehabt, denn kaum spürte Otto den Zug der Leine nicht mehr an seinem Hals, raste er in irrem Tempo zu seiner Laterne samt Morgenfrühstücksnapf und zog Nerke fast waagerecht hinter sich herhängend nach.

Otto fraß mit unglaublichem Appetit. In kürzester Zeit war der Napf leer und sein Bauch voll. Mit der Zeit schwoll sein Bauch so stark an, dass wir Angst hatten, er würde jede Minute platzen. Einmal verweigerte er sogar ganz entgegen seinen sonstigen Gewohnheiten das Futter, hatte Schaum vor dem Maul und schaute mich ziemlich unglücklich an.

Otto brauchte ganz eindeutig mehr Bewegung. Also war ich mal wieder dran. Mit Inge beratschlagte ich, was zu tun sei, und wir kamen beide zu dem Ergebnis, dass Otto nicht nur zu viel Futter, sondern auch zu wenig Auslauf hatte. Dementsprechend sah ich Otto ab sofort nicht mehr als Ziege, sondern nur noch als etwas andersgearteten Hund an. Ich befreite ihn von der Laterne, schnappte mir sein Tau, rief nach unserem alten Hund Tschingi und schon gingen wir alle »gassi«.

Otto strahlte mich glücklich an und lief brav wie ein gut erzogener Hund an der Leine. Zwischendurch tat er seine Freude durch die besagten Bocksprünge kund, und Nerke hatte alle Hände voll zu tun, um im Spiel zu bleiben. Neben mir ging Inge, hinter uns unser Hund Tschingi und mit jedem Meter, den wir die Straße runtergingen bzw. hüpften, wuchs der Schwarm von Kindern, die noch nie in ihrem Leben solch ein merkwürdiges Gespann gesehen hatten.

Alle delikaten Baum- oder Strauchspitzen, die durch die Zäune in Richtung Fußweg wuchsen, wurden auf sehr natürliche Art durch Otto gekürzt, wir sagten bei den Nachbarn links Guten Tag und sagten Hallo auf der rechten Seite der Straße. Alle Leute liebten Otto.

* * *

Ganz verrückt wurde es allerdings, wenn die Schäferhündin Gundi von unseren Nachbarn Axel und Beate unseren Otto erblickte. Unter uns Menschen würde man wohl sagen: Es war bei ihnen Liebe auf den ersten Blick!
Sobald die sonst so überaus sanfte und liebenswerte Gundi unseren Otto auch nur im Entferntesten erahnte, stimmte sie ein sehnsuchtsvolles Geheul an und versuchte, sich irgendwie durch den Zaun zu zwängen. Sie hätte natürlich mit Leichtigkeit drüber wegspringen können, aber Gundi ist hervorragend erzogen, jeder Satz über den Zaun wurde ihr verboten und daher kam sie auch nicht im Entferntesten auf die Idee, auf diese eigentlich so einfache Art zu ihrem Angebeteten zu gelangen. Also bohrte sie ihre Schnauze so lange durch den Lattenzaun, bis die waagerechten Latten brachen und sie durch dieses winzige Loch endlich die Möglichkeit hatte, wenigstens ab und zu einen Blick auf ihren Liebsten zu erhaschen.

Hatten unsere Nachbarn und wir ein bisschen Zeit, ließen wir die beiden frei und zusammen auf der zwischen unse-

ren Grundstücken liegenden Stichstraße spielen. Aber was heißt hier spielen, die beiden tobten wie verrückt durch die Gegend, Gundi laut bellend und Otto kleine kunstvolle Bocksprünge machend. Wir Menschen standen dabei und staunten nur über so viel ausgelassene Lebensfreude. Noch heute bedauere ich, dass ich nicht die Videokamera geholt habe, es wären Traumszenen geworden.

Unsere alte Tschingi stand in solchen Situationen meistens nahe bei mir, und wenn sich unsere Augen trafen, las ich förmlich ihren Kommentar darin: Mein Gott, dieses Jungvolk, müssen die denn unbedingt so maßlos sein? Es hätte nur noch gefehlt, dass sie missbilligend den Kopf geschüttelt hätte.

* * *

Mit der Zeit fand ich heraus, dass das Zusammenleben mit Otto nicht nur positive Seiten hatte. Otto fraß leider nicht das Gras in unserem Garten, was ich natürlich wahnsinnig gern gehabt hätte. Nein, er spezialisierte sich innerhalb kürzester Zeit auf alles, was blühte und in höheren Regionen wuchs. Den riesigen Forsythienstrauch rollte er von hinten auf, sprich, er begann von hinten zu fressen und stutzte ihn so radikal, dass ich dachte, ich hätte ihn erst kürzlich gepflanzt.

Als ich Otto unmissverständlich zu verstehen gab, dass es hier nicht so weiter ging, und ihn in einem anderen Teil des Gartens anpflockte, war er sofort einverstanden und stürzte sich voller Inbrunst auf unseren chinesischen Zwergahorn. Nachdem dieses Thema dann auch durch war und er dieses wunderschöne Bäumchen – ich will es mal nett ausdrücken – in Form gefressen hatte, stürzte er sich völlig verzückt auf meine blühenden Hortensien.

Aber da hätten Sie mal Nerke sehen sollen! Also ehrlich, ich liebe Tiere wirklich über alles, aber das ging mir wahrhaftig zu weit! Mein Petersen verstand mein hysterisches Gehabe nun überhaupt nicht und meinte nur: »Nun lass ihm doch diese kleine Freude!«
Nein! Ich ließ Otto diese kleine Freude nicht, denn schließlich fraß er mir in wenigen Minuten alles kurz, was ich jahrelang hochgepäppelt hatte.

Aber natürlich einigten wir uns gütlich. Und wie sah das aus? Nerke stapfte mit ihrer ebenso tier- und ganz besonders Otto-liebenden Freundin Inge durch fremde Felder und klaute eimerweise köstliche Maiskolben für Otto. Aber nicht nur das tat ich für diesen kleinen Bock. Ich stapelte alte metallene Gartenstühle umgedreht auf unserem Rasen, besorgte mir bei Nachbarn die frischesten Weidenzweige und baute Otto damit einen Kletterberg mit Blätterbaum.

Ich habe eigentlich nie begriffen, warum ich persönlich für diese Konstruktion mindestens immer eine Stunde brauchte (sprich organisieren, bauen, schön dekorieren) – Otto aber mit unglaublichem Enthusiasmus und einer riesigen Wonne höchstens zehn Minuten benötigte, um mein Kunstwerk zu zerstören.
Am Ende waren nur die kahlen Äste über und meine gebauten Berge glichen Trümmerhaufen.

* * *

Mit der Zeit begriffen wir, dass fünf Katzen, ein alter Hund, eine liebende Schäferhündin, zwei unglaublich interessierte Graupapageien und etliche ihn liebende Menschen doch nicht so ganz die rechte dauerhafte Gesellschaft für einen Ziegenbock sind. Und dementsprechend machten wir uns auch unsere Gedanken.

Der Zufall wollte es, dass wir gerade in dieser Zeit zum 80. Geburtstag der Gräfin zu Reventlow im Gutshaus in Damp eingeladen waren. Mir selbst ging es an diesem ereignisreichen Abend ganz fürchterlich, denn ich litt mit allem, was ich hatte, an einer Kieferentzündung. Ich fühlte mich fürchterlich und ich fürchte, ich sah auch entsprechend fürchterlich aus. Ich konnte kaum sprechen, kaum lachen und überließ den aktiven Teil an diesem Abend meinem Petersen.

Wie recht ich mit diesem Entschluss hatte, zeigte sich nach einiger Zeit, denn plötzlich kam mein liebender Gatte mit einer dummerweise auch noch hinreißend aussehenden Frau am Arm auf mich zu, strahlte mich an und rief mir zu: »Das ist die neue Mutter von Otto!«
Fragen Sie mich bitte nicht, wie ich mich in diesem Moment fühlte. Es war mir zu mühsam, zu lächeln, also runzelte ich nur erstaunt die Stirn und erfuhr den ganzen Rest: Diese unglaublich sympathische Frau war Ute von Bülow, die Frau von Harry von Bülow und damit die Nichte von unserem allbekannten und allgeliebten Vicco von Bülow oder auch Loriot.
Diese Tatsache an sich hätte aber wirklich niemals gereicht, ihr unseren Otto anzuvertrauen, der wunderbare Rest kam aber erst: Ute und Harry besitzen ein riesiges Gut in Schles-

wig-Holstein und besaßen zu diesem Zeitpunkt neben fünf Kindern auch noch einen ziemlich verrückten Hund. Was aber überhaupt das Allerwichtigste für uns war: Es gab ein riesiges Gehege mit sieben Ziegen!

Welch ein Paradies für unseren Otto!

Nach einer fürchterlichen Nacht meinerseits im Hotel in Damp fuhren wir am nächsten Tag nach Hause mit der Absprache, noch in der gleichen Woche Otto zu den von Bülows zu bringen.

* * *

Wieder zu Hause wurde mir das Herz langsam schwer.

Ich wusste zwar, dass es für diesen kleinen schönen Mann das Beste sein würde, aber ich hatte doch Angst vor dem Abschied.

Ich fragte Petersen: »Und wie kriegen wir ihn da hin?«

Ich hatte immer noch den Antransport zu uns im Gedächtnis und mir wurde alleine bei diesem Gedanken schon ganz anders.

Wir konnten ihn doch nicht wieder zusammenschnüren und zudecken! Das war doch unmenschlich. Otto war doch jetzt ganz anders, er brauchte doch so was überhaupt nicht mehr. Und genau dies meinte auch mein Petersen. »Nerke, mach dir bloß keine Gedanken deswegen, Otto wird das alles fabelhaft überstehen!«

Und genauso war es: Ich werde diese Fahrt nie vergessen!

Natürlich ging ich wieder Maiskolben in fremden Feldern klauen und Petersen gestaltete den hinteren Bereich unseres Vans zu einer kuscheligen Wiese um: Auf eine Wolldecke

packte er genügend Stroh, dazu stellten wir einen vollen Eimer mit leckeren Maiskolben, und als unser Otto dieses Paradies erblickte, war er schneller drin, als wir denken konnten, übrigens ohne Zwang, ohne Fußschlingen und ohne Augenbinde!

Als mein Petersen den Motor anließ, schaute Otto zwar ein bisschen verwirrt um sich, gewöhnte sich aber innerhalb von spätestens zwei Sekunden an diese neue Situation, denn frischer Mais überzeugt mehr als 1000 Worte!

Als wir auf die Autobahn fuhren, hatte ich ein bisschen Angst vor Ottos eventuellen Reaktionen, denn schließlich kannte er, abgesehen von dieser idiotischen Fahrt zu uns, keine normale Autofahrt. Petersen fuhr also, und ich hing halb über den Sitz nach hinten gelehnt und beobachtete unseren tapferen Ziegenbock!

Otto benahm sich einfach fabelhaft! Er zeigte nicht die geringsten Anzeichen von Aggression, im Gegenteil, er war ausgesprochen fröhlich und gut gelaunt.
Allerdings, immer wenn wir an einem Laster vorbeifuhren, oder unter einer Brücke durchfuhren, musste ich herzhaft lachen, denn dieser verrückte kleine Ziegenbock versuchte dann jedes Mal, unter dem großen Schatten durchzutauchen.

Ganz verrückt war es im Elbtunnel. Hatte dieser tolle Kerl sich nun gerade an die vorbeifahrenden riesigen dunklen Dinger gewöhnt, so hatte er doch ziemliche Schwierigkeiten im Tunnel. Hier hörte der große Schatten anscheinend überhaupt nicht mehr auf, und ehrlich: Während der ganzen drei Kilometer Tunnelfahrt kam Ottos Kopf nicht mehr hoch. Als wir allerdings durch waren und er wieder Tageslicht erblickte, meckerte er fröhlich vor sich her und widmete sich wieder den wirklich wichtigen Dingen seines Lebens, den wahrhaft besten Maiskolben Norddeutschlands!

Bei Neumünster fuhren wir von der Autobahn ab und über die Landstraße zu den von Bülows. Für Otto inzwischen natürlich alles keine Sache mehr. Seit über einer Stunde autobahn-, LKW- und tunnelerprobt nahm er die kommenden Landstraßenkurven mit absoluter Leichtigkeit. Als wir auf das Grundstück der von Bülows einfuhren, wurden wir laut bellend von Hella, ihrem Hund begrüßt. Wie wir später erfuhren, hat auch diese Dame so ihre Eigenheiten: Sie lässt zwar jeden ohne Probleme auf das Grundstück, versucht aber jeden daran zu hindern, es zu verlassen.

Kaum hatten wir gebremst, kamen drei der fünf Kinder auf unser Auto zugerannt, und ehe wir uns versahen, wurde Otto an der Leine Gassi geführt. Mit der bellenden Hella im Schlepptau wurde Otto zu dem großen Ziegengehege gebracht, in der schon jetzt sieben Artgenossen fröhlich ihr Leben genossen. Auf dem großen eingezäunten Grundstück stand ein passabler Unterstand, wuchs ein uralter Riesenbaum und dann lag da mal wieder zur Freude aller Ziegen ein Baumstamm, den keiner mehr brauchte, alle Ziegen aber über alles liebten.

Mein Petersen und ich schauten uns an: Ja, hier konnte unser Otto glücklich werden! Otto trabte sehr interessiert in die Ziegenmenge und wurde begeistert aufgenommen. Mit viel leichterem Herzen nahmen wir die Einladung von Ute

und Harry an und tranken ein Glas Sekt auf ihrer Terrasse mit einem traumhaften Blick auf den See. Wir fühlten uns wirklich gut.

Als wir vom Grundstück fuhren, entkamen wir gerade noch mit Ach und Krach Hella, die regelmäßig bei allen abfahrenden Autos versucht, in die Reifen zu beißen. Diesmal hatten wir aber Glück, wir waren schneller.

* * *

Wir haben Otto noch etliche Male besucht – als Mitbringsel für die ganze Horde immer einen Riesensack Wurzeln dabei. Petersen rief dann nur einmal: »Otto«, und alle kamen wie der Wind angerannt, und mit Wonne stürzten sie sich dann natürlich auf die Sonderration Mohrrüben. Jedes Mal fuhren wir dann wieder mit dem wunderbaren Gefühl weg: Unserem Otto geht es blendend! Er hatte drei Jahre ein traumhaftes Leben im Kreise seiner Artgenossen und ich bin überzeugt, er hatte sich auch eine ganz liebe Ziege als Liebste ausgesucht.

* * *

Ich hatte eigentlich nie darüber nachgedacht, wie es sein würde, wenn es Otto einmal nicht mehr geben würde. Warum sollte ich mir darüber Gedanken machen? Er lebte in einer artgerechten Gemeinschaft, hatte alles, was er brauchte und sogar noch ein bisschen mehr. Denn die Ziegen auf dem Gut der von Bülows wurden nicht nur als einfache Ziegen angesehen. Regelmäßig brach der Oberboss durch das

Gatter und marschierte rüber zum Herrenhaus. Alle anderen Ziegen folgten ihm brav im Gänsemarsch und so besuchten dann sämtliche Ziegen die Küche von Ute, bekamen natürlich auch alle ein Leckerli und trabten dann wieder brav in ihr Gehege zurück. Ein kleiner Besuch unter Freunden also.

In dieses Paradies schlich sich allerdings im Dezember 2000 ein tödliches Virus.
Bis heute weiß der Doktor immer noch nicht, warum all diese wunderbaren starken Tiere der Reihe nach starben. Natürlich packte es zuerst die Kleinen und Schwachen bis hin zu den Stärksten. Die fünf Kinder der von Bülows standen fassungslos und mit Tränen in den Augen bei ihren Lieblingen und mussten miterleben, wie eine Ziege nach der anderen starb.

Der Arzt konnte nichts dagegen tun. Innerhalb eines Monats war die ganze Herde ausgelöscht. Otto war ein Kämpfer, aber auch das hat ihm nichts genützt.
Er starb als Vorletzter. Danach kam nur noch der Oberboss.
Manche werden jetzt sagen: »Mein Gott, das war doch nur eine Ziege!«
Ja, okay, es war nur eine Ziege, aber was für eine!

Abschied

Ich weiß nicht, wie ich meine Gefühle im Moment beschreiben soll. Ich bin von Natur aus eigentlich ein sehr positiver Mensch, aber wenn es um meine Tiere geht, fall ich gerade jetzt in ein tiefes Loch.

Seit etlichen Tagen schon gefiel mir unser kleiner Kater Tino nicht mehr. Haufenweise hatte er sonst morgens sein frisches klein geschnittenes Herz mit Moritz geteilt, hatte mir bei allem in der Küche stundenlang zugeschaut und mir abends auf dem Sessel Löcher ins Bein gebohrt, um sich seinen Schlaf- und Schmuseplatz zu erobern.

Dann plötzlich bemerkte ich, dass er sehr viel trank – einfach zu viel.
Es ging sogar so weit, dass er morgens vor dem Fressen ein halbes Schälchen Wasser aussoff. Ab da hielt ich für ihn immer einen sauberen gefüllten Wassernapf bereit.
Das Fressen wurde für ihn in kürzester Zeit immer unwichtiger – die zärtlichen Zuwendungen von mir für ihn dagegen immer mehr.

Ich bemerkte noch, dass unser sowieso schon stiller Tino jetzt noch stiller wurde. Ich weiß noch genau: Am Samstagabend sagte ich zu meinem Mann Petersen: »Du, der Kleine gefällt mir überhaupt nicht!«

»Ja, und was heißt das?«

»Mein Gott, er frisst nicht mehr regelmäßig – mal zwei Tage gar nicht, dann schlingt er wieder rein, was er kriegen kann. Er säuft alles leer, was rumsteht, und wird trotzdem immer ruhiger und auch dünner.

Heute ist Samstag – am Montag bin ich mit ihm beim Doktor.«

* * *

Montag früh packte ich meinen fast wehrlosen Tino in den Katzenkäfig.

Seine Teilnahmslosigkeit machte mich total ratlos. Während der Fahrt zum Tierdoktor kam nur ein einziges Mal eins seiner wundervollen, kläglichen und schrägen »Määääääs«.

OK. Zum Doktor brauche ich maximal nur fünf Minuten mit dem Auto – aber in dieser kurzen Zeit vollbringen normalerweise sämtliche Katzenkinder von uns das Wunder, vollständige Arien zu singen.

Ich war diesmal schon glücklich über Tinos einziges kleines »Määä«.

Dann saßen wir im Wartezimmer. Er sagte keinen Ton. Dann bat der Doc uns rein. Er nahm Tino so sanft und vorsichtig wie ein feines Stück Sahnetorte aus dem Käfig, legte ihn auf den Tisch und untersuchte ihn.

Unsere Augen trafen sich und er sagte mir: »Ich weiß nicht, was mit ihm los ist. Es sieht sehr nach defekter Schilddrüse aus – aber wir wollen sicher gehen.«

Er nahm Blutproben, schickte sie ein und mich mit Tinchen wieder nach Hause.

78

Er sagte dabei zu mir: »Heute ist Montag. Ich habe ihm eine gute Aufbauspritze gegeben – es wäre gut, wenn sie am Mittwoch wiederkämen. Allerdings besser wäre es, Sie kämen erst am Donnerstag – denn dann wüsste ich auf jeden Fall sicher, dass es ihm geholfen hätte und es ihm besser geht. Sollte allerdings inzwischen irgendwas Unvorhergesehenes passieren – Sie wissen – ich bin jederzeit da!«
Mit diesen tröstlichen Worten fuhr ich mit Tino nach Hause. Er krabbelte noch einmal halbherzig auf meine Beine – dann verkroch er sich zum Schlafen.

Als ich endlich ins Bett ging, sah ich ihn noch eingerollt auf seinem Lieblingsplatz liegen und ich war einigermaßen beruhigt. Schließlich hatte ich nicht nur für Tino, fünf andere Katzen und zwei Graupapageien zu sorgen, sondern auch noch für meinen uralten Hund Tschingi. Unsere Tibetterrierhündin ist mittlerweile gute 16 Jahre alt und der Umgang mit ihr nicht immer ganz einfach.
Zu Petersen sage ich immer: »Wenn ich mal eine so starrsinnige Alte werde wie sie, wäre ich dir nicht böse, wenn du mich in die Wallachei schießen würdest!«
Mein Mann lächelt dann meistens nur sehr sanft und meint: »Wollen sehen, was sich machen lässt, Nerke. Im Moment geht es doch wohl noch mehr um unsere Tiere.«
Recht hat er! Und in Moment ging es um Tino.

Die Nacht schlief ich leidlich gut – abgesehen von den zweistündigen Wachphasen, in denen ich mit meiner alten Hündin die Treppen runter und wieder rauf musste. Bei meinem letzten Wachsein sah ich Tino noch schlafen. Also ging ich einigermaßen ruhig zurück ins Bett.

Morgens um halb acht klingelte es an der Tür. Unser Nachbar von gegenüber stand da und sagte: »Euer kleiner Tino liegt auf unserer Matte vor der Tür. Soll ich ihn rüberbringen?«

Er brachte den fast leblosen Tino und legte ihn mir in die Arme.

Mein Gott, was war passiert! In dieser einen einzigen Nacht! Ich hielt meinen Tino im Arm, kraulte ihn – und es kam nichts! Kein vertrautes »Määä« und auch nicht dies wundervolle »Blecheimer-Schnurren«.

Ich weiß nicht, ob er mich überhaupt noch richtig wahrnahm. Ich rief sofort den Doc an. Gott sei Dank war zu diesem Zeitpunkt gerade meine Schwiegermutter bei uns, die mir um diese frühe Zeit – natürlich die Frühstücks- und Futterzeit für alle – den Rücken freihielt. Ich zog mich in Windeseile an und war beim Doc.

Er freute sich wirklich nicht, uns beide zu sehen. Und als er dann auch noch dies winzige, superleichte Pelzchen aus dem Käfig hob und auf den Tisch legte, war die Entscheidung eigentlich klar. Am Telefon hatte ich zwar noch gesagt: »Vielleicht schafft er es noch mit dem Tropf« – aber schon in dem Moment, als ich den Hörer auflegte, wusste ich ganz innen bei mir – es ist vorbei!

Nun saß ich also hier im Behandlungsraum des Tierdoktors auf einem Hocker neben dem Tisch. Tino lag völlig teilnahmslos vor mir. Nichts regte sich an ihm. Ich sah den Doc an und plötzlich war es klar. Nie im Leben hätte ich geglaubt, dass ich fähig wäre, über das Ende eines meiner Kinder zu entscheiden. Ich hatte zwar schon einige Male

wegen Tschingi mit ihm darüber gesprochen, und immer sagte er zu mir:»Wenn es wirklich soweit ist, werden Sie es wissen!« Und jedes Mal hab ich ihm gesagt:»Nein! Ich werde das nie entscheiden können. Sie sind doch schließlich der Arzt – also warte ich auf Ihre Entscheidung!«»Nein! – Sie alleine müssen es entscheiden – ich kann Ihnen dabei nur raten. Aber die wirklich letzte Entscheidung liegt bei Ihnen!«

Tja, all dies ging mir durch den Kopf, als ich dasaß. Dann aber sah ich den Doc an und nickte. Plötzlich wusste ich es – es war soweit. Ja, es war Zeit. Wir mussten ihm helfen, das alles loszuwerden.

Der Doc ging nicht weg, sondern setzte sich zu mir und erklärte, was jetzt passieren würde. Während ich den völlig teilnahmslosen Tino streichelte, gab er ihm die erste Spritze, die ihn in die absolute Bewusstlosigkeit beförderte. Danach war Tino für mich eigentlich schon völlig weg – und hatte ich mich vorher noch krampfhaft zusammengerissen, so heulte ich jetzt hemmungslos los.

Der Doc sagte nur:»Weinen Sie ruhig weiter, das tut Ihnen gut. Aber streicheln Sie bitte auch den Kleinen weiter, denn das tut nämlich ihm gut. Denn jetzt erst bekommt er die richtige Spritze – er wird es aber nicht mehr merken.«

Ich saß da wie gelähmt. Die Tränen kullerten mir runter – ich konnte nichts dagegen tun. Der Doc – zwar noch sehr jung, aber wunderbar einfühlsam – blieb erstmal still. Dann nahm ich meinen Tino und wickelte ihn in ein schönes großes weißes Badetuch ein, das in seinem Transportkäfig gelegen hatte. Völlig ohne Worte packte ich den Käfig in

den Kofferraum und der Doc legte Tino sanft auf den Beifahrersitz.

* * *

Zuhause angekommen erwartete mich meine Schwiegermama.
Als ich mit Tino – eingepackt ins weiße Badetuch wie ein
süßes Baby – aus dem Auto stieg, kullerten auch bei ihr die
Tränen.
Ich setzte mich so, wie ich war, mit meinem kleinen Tino in
den Sessel und hielt ihn im Arm. Merkwürdigerweise müssen all unsere anderen Tiere gespürt haben, was los war.
Keiner der Papageien sang, pfiff oder machte dumme Be-
merkungen – keine der anderen Katzen nervte und auch
Tschingi war plötzlich stumm. Ich glaube, ich saß wohl eine
ganze Stunde so da. Angezogen und Tino in seinem weißen
Badetuch wie ein Baby in meinem Arm.

Gegen halb zehn sagte ich zu meiner Schwiegermama: »Ich
glaube, wir sollten jetzt trotzdem mal Günther wecken.«
Als er mich sah, nahm er mir den Kleinen ab, legte ihn aufs
Sofa im Wintergarten und deckte ihm das Köpfchen zu. Er
zog sich an und holte sich einen Spaten und ich sah in seinen Augen allen Schmerz der Welt. Als er wiederkam, sagte
er nur: »Ich begrab ihn jetzt.«

Er nahm dieses kleine weiße Bündel, stutzte und fragte
mich: »Nerke, bist du sicher, dass er wirklich tot ist?«
Ich sagte: »Wieso fragst du – natürlich!«
»Ja, ja, in Ordnung – aber – er ist noch so warm!«

»Na, klar«, sagte ich ihm, »ich hab ihn doch schließlich eine Stunde in meinen Armen gehalten und gewärmt!«
Günther nahm also das immer noch warme Bündel und ging alleine in unseren Wald. Es sind knapp 2000 Quadratmeter und er versprach mir, einen schönen Platz für ihn auszusuchen.

Als er nach einer halben Stunde immer noch nicht zurück war, ging ich, um ihn zu suchen. Ich fand einen völlig aufgelösten Mann, der nun zusammen mit mir im Arm heiße Tränen weinte.
 Dafür liebe ich meinen Mann über alles. Und ich bemitleide Menschen, die nicht fähig sind, ihre Gefühle frei zu zeigen.

Unser liebes Federvieh

*(Die intelligentesten grauen, rotschwänzigen
Krummschnäbel überhaupt)*

Geigei

Als ich mir Geigei »zulegte«, wusste ich genau, dass ich für
einen Hund nicht genügend Zeit hatte und es ein Graupapagei bei mir besser hätte. Geigei war damals um die fünf
Jahre alt, also gerade über das erste Rüpelalter weg, kam
aus einer kinderreichen Familie und lebte dort einige Zeit
mit einem Kater namens »Mau« zusammen. Leider und Gott
sei Dank wollte man ihn da los werden, denn die Hausfrau
fühlte sich mit ihren Kindern, dem Mann, dem Kater und
dann auch noch dem Papagei ziemlich überfordert. Ich
zeigte natürlich sofort für diese unhaltbare Situation volles
Verständnis und wenige Minuten später hatte das Schnabelkind eine neue Mutter.

Geigei wurde leider nie ganz handzahm, da er anscheinend
in Freiheit mit einem Netz gefangen wurde und die Angst
vor größeren Gegenständen wie z.B. Decken, Kissen und
Kartons für ihn wie ein Albtraum sein musste, denn jedes
Mal, wenn ich mit solch einem Gegenstand bewaffnet an
ihm vorbei ging, fiel er einfach voller Panik rückwärts von
der Stange. Auch abends zudecken durfte ich ihn nicht. Es
wäre für ihn die Hölle gewesen.

84

Da er ein Hahn war und mich als Frau und absolute Bezugsperson ansah, kam es natürlich zu einigen Schwierigkeiten, als mein Mann Petersen nach zehn Jahren trautem Federvieh-Zusammenlebens auftauchte. Wer gibt schon kampflos sein Erstweibchen an einen Zweitmann ab? Wir haben es schmerzhaft beide durchlebt. Geigei biss fröhlich in den ungeahntesten Situationen zu und es war ihm völlig egal, ob es Finger, Nase oder sonst irgendwas war.

Trotzdem machte er Freude und pfiff sein »Hofbräuhaus« mit perfekter Wonne und kommentierte jedes Tier, das bei uns die Terrasse passierte, mit: »Oh, kucke mal, Mau!« Er machte dabei keinen Unterschied, ob es nun wirklich eine unserer sechs Katzen war, einer der täglich erscheinenden Igel oder ein echtes Baby. Er kommentiert auch heute noch alles mit einem interessierten: »Oh, kucke mal, Mau!«

Eigentlich hatten wir gedacht, dass unser Papageienkind glücklich sein müsste, denn er entwickelte sich gut. Er rupfte bei sich keine Federn, sprach wie ein Buch, pfiff alle anspruchsvollen Songs inklusive Dr. Schiwago plus Mittelteil und »Alle Vögel sind schon da« zur Weihnachtszeit. Was also wollten wir mehr?

Rolli

Dann kam eines Tages ein Anruf von Freunden. »Ihr habt doch schon so viele Tiere und auch einen Graupapagei, könntet Ihr eventuell noch einen dazu aufnehmen?« Wie alle zukünftigen liebenden Eltern erbaten wir uns erst mal eine »Tief-Lufthol-Zeit«, die aber umgehend bei der Geschichte des besagten Graupapageis auf »sofort« schmolz.

Rolli lebte seit ca. einem halben Jahr bei einer Familie in Harburg. Sie hatten ihn barmherzigerweise von einem älteren Herrn übernommen, der nicht mehr für ihn hatte sorgen können. Rolli hatte hier in dieser Familie das reinste Paradies. Ein ganzes Zimmer wurde von seinem Kletterbaum ausgefüllt. Darin hing aus Hartholz ein imposantes Schlafhaus mit rundem Einstieg. Aber leider bekam die Familie ein weiteres Baby und daher wurden der Platz und auch die Zeit für Rolli knapp.

Gut, sagten wir, wir würden ihn gerne nehmen, aber Vorraussetzung für ein gutes Zusammenleben sei natürlich, dass die beiden sich verstünden. Jeder der Beteiligten verstand das und so marschierten wir zu Rolli. Schon der erste Kontakt war einfach wundervoll. Er war handzahm und sehr witzig. Wir liebten ihn vom ersten Augenblick an. Wir wurden uns sofort mit den Ex-Eltern einig, Rolli stieg ohne zu Murren in sein Schlafhaus, ich trug ihn darin zum Auto und mein Petersen trug seinen Käfig.

Zuhause stellten wir im Wintergarten Rollis Käfig neben dem von Geigei auf, öffneten die Türen und warteten, was sich tun würde. Wir warteten nicht lange umsonst. Die beiden mussten sich anscheinend vom ersten Blick an verstanden haben, denn schon nach kurzer Zeit saßen sie fröhlich zusammen auf dem einen oder anderen Haus und krabbelten auch zusammen in einen der Käfige rein zum Schlafen. Sogar das Zudecken war für Geigei plötzlich kein Problem mehr. Rolli gab ihm Kraft.

* * *

Von dieser wundervollen Papageienzweisamkeit überzeugt, gingen wir Neu-Eltern hin und erstanden ein zünfti-
ges Zweifamilienhaus für die beiden, denn das ewige Hin-
und Her wurde auch uns Menschen zu viel. Wir stellten die
Villa in den Wintergarten und hingen Rollis Schlafhaus an
starken Drähten an die Decke. Einen seiner Lieblingsäste
montierten wir davor als Einstieg ins Paradies, dazu kamen
die normalen Stangen vor den Futternäpfen und es war einfach perfekt!

Hatten wir ehrlich gedacht! Aber kennen Sie Papageien?
Wenn nicht, dann können Sie jetzt was lernen! Papageien
sind im Grunde genau wie wir Menschen. Wir lieben unseren Partner, wir lieben unser Zuhause und wir sind nicht
immer mit allen Möbelumstellungen einverstanden.
Genauso erging es uns mit den beiden. Sie protestierten! Sie
rührten sich nicht von der Stelle! Es dauerte etliche Tage, bis
die beiden ihre Luxusvilla annehmbar fanden. Gerade mal
Rolli hielt es für angemessen, nachts in seine Luxusher-
berge zu krabbeln, um wie gewohnt darin zu schlafen. Geigei blieb stur.

Mein Petersen sah mich ratlos an – er verstand die Welt
nicht mehr.
Ich tröstete ihn und meinte nur: »Lass die beiden einfach
mal in Ruhe – Papageien sind schließlich auch nur Menschen!«

Wie wahr! Es dauerte nicht lange, und alles lief wieder
seinen geregelten Gang. Sogar alle neuen Äste wurden
benutzt und der Alltag kehrte ein.

Mittlerweile fing sogar Geigei an, dies imposante Schlafhaus zu lieben. Voll Entzücken sahen wir den beiden zu, wie sie nacheinander vorwärts darin verschwanden – und dann ziemlich ratlos waren. Drin waren jetzt beide – aber bitte – wie ging es wieder raus? Wenn nur einer von den beiden drin war, konnte er sich gerade noch mit erhobenem Schwanz rumdrehen und mit dem Schnabel im Wind wieder nach draußen wackeln. Waren aber alle beide im Häuschen, war das schon eine sehr prekäre Angelegenheit und bedurfte der genauen Überlegung.

Also überlegten die beiden Pieper sehr intensiv und kamen dann zu dem Schluss, dass es nur rückwärts nach vorne ging. So tauchten beim Verlassen des Kuschelhäuschens zuerst wieder zwei rote Schwänze auf und dann der graue Rest. Mit der Zeit entwickelten die beiden darin aber eine absolute Perfektion, dass wir Menschen vor ihnen nur den Hut ziehen konnten.

* * *

Die erste Woche, die Rolli bei uns eingezogen war, verwirrte mich doch ziemlich, denn Rolli saß auf seinem Ast und hustete ständig ab. Ich hatte noch nie solch einen Raucherhusten gehört und drohte meinem Petersen an: »Wenn er das noch länger macht, gehe ich mit ihm zu einem HNO-Arzt. Das hält ja kein Mensch aus.«

Gott sei Dank legte sich dieser Husten mit der Zeit, denn wir sind beide Nichtraucher und Rolli kramte sein Können höchstens mal wieder vor, wenn einer von uns eine Grippe hatte und dann eben auch kollegial mithustete.

Ganz andere Fähigkeiten entwickelte er bei mitgebrachten Sprüchen und Liedern. So sang er mit tiefer Männerstimme z. B.: »Lustig ist der Zigeuner, varia – hooo«, wobei er dieses »hooo« wirklich sehr hoch ausführte – und bei besonderer Leistung von Geigei mit einem langgezogenen »guuut« belohnt wurde.

Seine zweite gesangliche Superleistung war (natürlich wieder mit dieser sonoren tiefen männlichen Stimme): »Kommt ein Vogel geflogen«, worauf Geigei nur konterte: »Oh, kucke mal!«
Ab und zu fing er an, sehr kreativ zu werden und dann kamen Sachen wie: »Kommt ein alter Scheißer geflogen« – und das natürlich nie ohne Geigeis: »Guuuut, kucke mal.«

Der Oberknüller aber passierte, als wir die Eigentümer des Hauses gegenüber bei uns hatten, denn wir beabsichtigten, dieses Haus zu kaufen. Schon in dem Augenblick, als sie unser Haus betraten und sich dann äußerst korrekt und sittsam auf der vordersten Kante unseres Sofas drapierten, dachten Petersen und ich nur: Oh weia – das kann ja heiter werden!

Nach einer längeren mühsamen Unterhaltung – ich muss gleich sagen, wir hatten wirklich nicht den rechten Draht zu den beiden – stagnierte das Gespräch und es gab eine absolute Pause. Wir hatten alles gesagt – sie hatten alles gesagt – und mehr war im Moment wirklich nicht zu sagen. Daher also diese Pause, in der dann, als es fast schon peinlich wurde, unser Rolli die Initiative auf seine Art ergriff und aus dem Hintergrund mit tiefer Männerstimme kräftig in die Stille rief: »Na, du alter Scheißer, Du Eierkopp?«

90

Hätte es im Fußboden ein Loch gegeben, ich wär mit Wonne als Erste reingesprungen und hätte mich vergraben. Ich werde nie diese entsetzten und empörten Gesichter unserer Gäste vergessen, die die Welt nicht mehr verstanden, aber als ich meinen Petersen ansah, musste ich mir, genau wie er, das Lachen verkneifen – es war einfach zu köstlich!

Allerdings halfen all unsere Entschuldigungen und Erklärungen nichts – man verließ uns völlig konsterniert und ich bin auch heute noch davon überzeugt, dass keiner der beiden je glaubte, dass dieser (eigentlich sehr passende Kommentar) von einem kleinen grauen Papagei stammen sollte.

Das hatten wir nun davon: Wir zahlten den bis zu diesem Zeitpunkt ausgehandelten Preis, denn zu weiteren Verhandlungen kam es natürlich nicht mehr, aber eines haben wir dabei gelernt: Man sollte sich eben nie im Leben mit Menschen ohne Humor abgeben!

* * *

Geigei und Rolli harmonierten perfekt. Machte der eine einen Flugausflug im Wintergarten und landete in voller Pracht in unseren prächtigsten Blumen, wollte der andere natürlich nicht nachstehen und schon wieder mussten wir zwei Rotschwänze aus der Botanik klauben.

Obwohl beide nun schon im mittleren Alter waren, hatten sie immer noch ihre Flausen im Kopf und machten einen Unsinn nach dem anderen. So marschierten sie in geschlossener Formation aus dem Wintergarten zu uns ins Wohnzimmer – zielsicher an den Katzen und dem Hund vorbei.

Natürlich ging auch das nicht ohne Kommentar ab: Rolli rief dabei fröhlich: »Hallo, Huhuuuu«, und Geigei kam mit seinem: »Oh, kucke mal« immer wieder gut an.

Was mich bis heute immer noch wundert: Keines der Tiere griff bei uns jemals ein anderes an. So wussten die Katzen, dass die Papageien zur Familie gehörten, und der Hund schlichtete und ging sogar dazwischen, wenn sich die Katzen mal untereinander fetzten. Wir ließen und lassen auch heute noch die Viecher alles untereinander regeln und es funktioniert hervorragend!

* * *

Dann begann plötzlich ein Drama! Wir kamen in einer Samstagnacht von einer Veranstaltung aus Bad Zwischenahn zurück, und als ich am Morgen die beiden Papageien saubermachen und füttern wollte, blieb mir fast der Atem weg: Auf dem ganzen Boden des Vogelhauses und sogar noch auf den weißen Fliesen des Wintergartens fand ich Blut! Ich war total außer mir und begriff nichts! Woher kam das Blut? Und dann auch noch so viel!

Ich schaute mir die beiden Vögel an und bemerkte zuerst überhaupt nichts.
Dann aber sah ich, dass an Geigeis Krallen etwas nicht stimmte. Anscheinend hatte er sich an seinem rechten Fuß eine Kralle abgebissen und dies hatte den Blutsturz verursacht. Aber warum? Auch Petersen wusste keine Antwort, also rief ich am Montag früh gleich den Doktor an, der nur 500 Meter von uns entfernt seine Praxis hat. Diagnose:

»Noch keine Ahnung, aber beobachten Sie genau weiter! Wir werden aber zuerst einmal den Ring entfernen.«
Und dabei kam das ganze Desaster zur Vorschein.

Innerhalb der letzten 35 Jahre hatte dieser Ring, der ja von den Behörden so unbedingt gefordert wird, so weit alles absterben lassen, dass dieser kleine Kerl sich das »tote« Fleisch abriss.
Kein normaler Mensch kann sich vorstellen, wie wir mit ihm gelitten haben.
Am Freitagmorgen war es so schlimm, dass Geigei nur noch blutete und ich voller Panik wieder beim Doc anrief.
Der hatte das Ganze anscheinend schon vorausgesehen und sagte nur: »Ich habe für Sie beide schon einen Termin in Soltau bei einer Spezialistin gemacht – haben Sie Zeit?«
Was für eine Frage an eine Mutter!

Knapp eine halbe Stunde später fegte ich mit 200 Sachen über die Autobahn nach Soltau und stand dann vor der Ärztin – einer Tierfachärztin für Geflügel. (Toller Titel!) Und wie hieß sie? Natürlich Dr. Petersen. Aber nach zwei Minuten waren wir uns sicher, dass wir nicht miteinander verwandt waren. Sie nahm Geigei aus dem kleinen Transportkäfig, untersuchte ihn kurz, indem sie ihn auf den Rücken in ihre Hand legte und sein Bein inspizierte, mich ansah und meinte: »Ich muss sofort amputieren, sonst überlebt er das nicht!«

Mir fiel fast alles aus der Hand – so geschockt war ich. »Was heißt das – amputieren. Wo denn, was denn?«
»Er ist kurz vor einer Blutvergiftung, und wir können ihn nur retten, wenn ich den Grund dafür sofort entferne.«

»Und was wird das dann? Ein Vogel mit einem Bein?«
»Genau das! Machen Sie sich aber bitte keine Gedanken. Papageien schaffen das hervorragend.«
Wie gelähmt stand ich da. Ich weiß nur noch, dass ich so was wie: »Ja, ja, dann machen Sie mal« sagte und mich irgendwann in meinem Auto wiederfand. Wie vom Teufel geritten fuhr ich nach Hause, wo ich einem total ungläubigen Petersen die Situation erklären musste.

Es war kein schönes Wochenende.
Ich rief zwar jeweils zweimal am Tag in der Klinik an und bekam wirklich nur die allerbesten Auskünfte. Geigei hatte alles wunderbar überstanden und war inzwischen der erklärte Liebling der Ärztin geworden.
Rolli dagegen litt aber wie ein Hund. Er sprach nicht, er fraß nicht, er pfiff nicht – er litt unsäglich!

Nach meinem Anruf am Montagmorgen bei der Ärztin kam wieder die volle Freude ins Haus. »Natürlich können Sie Geigei abholen, er ist topfit – obwohl ich ihn eigentlich ungern wieder hergebe, denn er ist so ein toller Kerl.«
Dazu gab ich keinen Kommentar ab, denn ich wusste, was für ein Goldstück der Kleine Graue ist, düste wieder voller Vorfreude mit 200 über die Autobahn nach Soltau und erlebte ein echtes Wunder.

Da saß dieser einbeinige Vogel in seinem Käfig, hatte die beste Laune der Welt, sprach und pfiff wie ein Weltmeister – und seine Mutter stand mit offenem Mund davor!
Frau Doktor grinste mich an und meinte nur: »Begreifen Sie jetzt, warum er mittlerweile mein Liebling ist? Wer hat schon solch einen Charakter?«

Sie hat ihn trotzdem nicht behalten dürfen.

Zuhause setzte ich ihn wieder behutsam in den großen Käfig und wir warteten, was passierte. Das erste, was wir bemerkten, war, dass Rolli plötzlich mit dem Auftauchen von Geigei aus seiner Erstarrung erwachte. Fast liebevoll beschnäbelte er Geigei – allerdings ganz zart, denn er merkte, dass sein Kumpel Probleme hatte. Und die waren gar nicht so gering, denn schließlich fehlte Geigei ein ganzer Fuß. Sein Bein war kurz über dem Kniegelenk amputiert worden und so fehlte ihm natürlich auch – wenn er auf dem einen Fuß saß – die Greif- und Haltemöglichkeit für Nüsse u. Ä. mit der anderen Kralle.

Es mag zwar kitschig klingen, aber Petersen und ich haben miterlebt, wie Rolli sich von unten aus der Schale eine Weintraube in den Schnabel nahm, damit zurück zu Geigei auf die Stange kletterte und sie ihm zum Fressen hinhielt. Und er hielt die Traube so lange hin, bis Geigei genug hatte. Ich weiß nicht, wie es Petersen erging, aber mir kamen vor Rührung die Tränen.

Also suchte ich im nächsten Tiergeschäft nach entsprechenden Futternäpfen, die er leicht erreichen und daraus auch gut fressen konnte. Auch das bekamen wir bald in den Griff, denn Gott sei Dank haben Papageien einen Schnabel, mit dem sie sich wunderbar am Gitter festhalten und dann Stück für Stück bis zum gewünschten Ort hangeln können. Auch Geigei hatte das mit seiner Intelligenz bald raus und es gab eigentlich keine großen Schwierigkeiten mehr.

Die beiden lebten voller Inbrunst und Harmonie – obwohl sie zwei Jungs waren – gut 10 Jahre zusammen. Dann kam leider das nächste Desaster.

* * *

Normalerweise werden Papageien, genau wie wir Menschen, wenn sie gesund bleiben so alt wie wir. Aber auch sie haben anscheinend die gleichen gesundheitlichen Probleme wie wir – denn der Tod von Rolli kam für uns alle völlig unerwartet.

Es war an einem schönen Tag im März, alles war wie sonst, und plötzlich kam ein fürchterlicher Aufschrei von dem Kleinen. Ich saß auf der Galerie im Büro und konnte zuerst alles nicht einordnen. Ich stürzte nach unten und sah, wie sich Rolli voller Panik am Gitter festklammerte. Ich schrie nach Petersen und holte Rolli aus dem Käfig. Ich bettete ihn aufs Sofa und rief völlig außer mir den Arzt an. Aber noch während des Gesprächs mit dem Doc sagte Petersen: »Hör auf, er ist tot. Es ist vorbei.«
Wir verstanden es alles nicht. Wie uns dann allerdings der Doc erklärte, war es ein ganz simpler Herzinfarkt, den dieser wunderbare Kleine nicht überstanden hat.
Petersen begrub ihn auf unserem Friedhof der Kuscheltiere, eingepackt in eine meiner schönsten Spitzenservietten mit einer Tulpe und einer Orange.
Wir werden Rolli nie vergessen.

Charlie

Aber wir hatten ja schließlich noch Geigei, und mit ihm ging das Leben weiter.

Allerdings, genau wie Rolli vorher, zog er sich jetzt in seine Einsamkeit zurück.

Er wurde stiller und stiller.

Nach einer Woche rief ich unsere »Geflügelexpertin« Doc Petersen an und berichtete von Rollis Tod. Genau wie wir war sie sofort der Meinung, dass Geigei nicht alleine bleiben dürfe, und gab mir eine Adresse in Hamburg, wo ein 14-jähriges Papageienweibchen abzugeben war.

Das hätte wunderbar gepasst, aber leider machte die Besitzerin dann doch noch kurzerhand einen Rückzieher, sodass ich mal wieder bei Doc Petersen an der Strippe hing.

»Gut«, meinte sie nur, »da gibt es dann noch einen, der eigentlich nicht so ganz passt – ich gebe Ihnen aber mal die Telefonnummer und die Adresse.«

Ich rief natürlich sofort an und erwischte am Apparat eine sehr sympathische Frau. Ich erklärte kurz, worum es ging, und in Kürze hatten wir einen »Besichtigungstermin« abgemacht.

Petersen und ich betraten das Wohnzimmer und wurden sofort mit Charlie konfrontiert. Dieses Schnabelkind war von Charlie-Mama-1 aus dem Nest großgezogen worden, kannte daher eigentlich nur Menschen und war ein absolutes Wunder.

Er war gute vier Jahre alt, leider immer noch im Rüpelalter – aber wir gönnten ihm gerne seine Matchboxautos und die endlos vielen Kugelschreiber. Er montierte alles auseinan-

der, was er kriegen konnte, und das so perfekt, dass Petersen und ich nur noch staunen konnten. Wieso wusste dieser kleine Bursche z. B. von Anfang an, dass sich Petersens Pfeifenstopfer genau an einer bestimmten Stelle in zwei Teile zerlegen lässt? Ich kann es mir nur so erklären, dass er vorher heimlich genau die Gebrauchsanweisung gelesen hat!

Bei dem zweiten Besuch bei Charlie nahmen wir ihn bereits mit zu uns.
Mama-Charlie-1 weinte beim Abschied echte Tränen. Ich verstand das sehr gut, denn er war nach ihren beiden Söhnen ihr jüngstes Nestbaby. Wir versprachen uns aber, über Telefon und Email in Verbindung zu bleiben.

Charlie hielt sich die Autofahrt über sehr tapfer und überstand den Umzug sehr gut. Wir stellten sein bisheriges Einfamilienhaus mit komfortablem Dachgarten neben Geigeis Zuhause und warteten, was passierte.
Es passierte nichts!
Geigei lebte weiter wie bisher, schaute ab und zu zu Charlie rüber und ich sah genau, was er dachte: Aha, ein Neuer! Und was will der hier?
Charlie dagegen fielen fast die Augen raus, denn er hatte anscheinend bisher noch nie einen anderen Graupapagei gesehen und rannte aufgeregt auf seinen Stangen herum.
Keine leichte Situation, für uns alle nicht!

Nach einigen Tagen, als wir dachten, die beiden hätten sich jetzt an ihren gegenseitigen Anblick gewöhnt, öffnete ich das Dach von Charlies Haus, klemmte oben die Stange ein und Charlie kletterte wie ein Wiesel nach oben. Bei Geigei machte ich die vordere Eingangsklappe auf, sodass er nach

oben auf sein Haus klettern konnte – und dann warteten
wir!

Tagelang bot sich uns das gleiche Bild: Beide genossen ihr
eigenes Zuhause, aber keiner von den beiden machte An-
stalten, mal bei dem anderen vorbeizuschauen. Was für ein
Unterschied zum Gespann Geigei und Rolli!

Nach ca. einem Monat hatte ich die Nase voll. Ich setzte den
handzahmen Charlie liebevoll, aber bestimmt auf Geigeis
Haus und transportierte vorsichtig seine eigene Behausung
auf die Terrasse und dann um die Hausecke. Schon oft half
die Tatsache: aus den Augen, aus dem Sinn!
Und es klappte! Beide machten zwar immer noch einen großen Bogen umeinander, aber immerhin fand nach etlichen
Wochen eine gemeinsame Nacht statt. Dazu muss ich noch
sagen, dass ich Charlies Lieblingsast, einen Witz von einem
kurzen, kleinen, schrägen Ästchen, in Geigeis Haus umge-
baut hatte – und wer saß zuerst auf diesem komischen Ding?
Richtig: Geigei!

Ab da lief es eigentlich problemlos. Allerdings war das
echte Problem Charlie selber. Bereits nach einer Woche rief
ich Mama-Charlie-1 an und sagte: »Ich weiß nicht, ob wir
den Burschen behalten können. Ich fürchte, er wird uns auf
die Dauer zu teuer!«
Ich hörte ein zaghaftes: »Und warum?« an der anderen Seite
der Leitung und ich war ganz ehrlich: »Der Junge telefoniert
wie ein Weltmeister von morgens bis abends – ich weiß
nicht, ob die Kosten für uns mit der Zeit nicht zu hoch sind!«
Ich erntete ein entspanntes: »Ach daaas – das Telefonieren
hat er von mir! Es gefällt ihm wohl!«

»Allerdings«, sagte ich, »ich renne den ganzen Tag nach diesem blöden Telefon, bis ich dann merke, dass Charlie mich schon wieder mal gelinkt hat.«

Charlie ist in dieser Beziehung wirklich ein Phänomen: Er pfeift mindestens vier digitale Klingeltöne nach und hat inzwischen in Geigei seinen perfekten Kumpel gefunden. Geigei pfeift normal, und Charlie digital. Oder umgekehrt? Wir können mittlerweile nicht mehr unterscheiden, wer von den beiden was pfeift oder spricht – sie lernen unaufhörlich von dem anderen.
Aber das ist noch nicht alles: Charlie ahmt die Wähltöne nach, nimmt danach ab und fängt fröhlich an zu plaudern. Mal mit Männer- und mal mit Frauenstimme – und dann geht's los: »Hallooo? Ja, klar, schön, natürlich alles klar, dann bis nachher und tschüss!« Oder: »Moin, Moin, aber jaaa, ich freu mich, bis nachher – tschüss!«
Ich könnte hier noch etliche Varianten seiner Telefongespräche aufschreiben, aber das fällt dann sicher unter die Rubrik Datenschutz.

Kann Geigei schon perfekt Stimmen nachahmen – Charlie ist darin noch besser! Mit den beiden zusammen ist es kaum auszuhalten.
Stellen Sie sich folgende Situation vor: Ich sitze auf der Galerie im Büro und unterhalte mich mit meinem Mann, der unten im Wohnzimmer seine Akten zusammenpackt, um dann loszufahren. Wir führen eine normale Unterhaltung – und es ist nichts Besonderes, dass mein Petersen dabei immer nur ziemlich einsilbig antwortet, denn meistens ist er mit seinen Gedanken dann schon weit weg. Also bekomme

ich auf meine Fragen auch entsprechend kurze Antworten wie: »Jaja, na klar, aber ja doch, kein Problem!«

Bis irgendwann einmal das Telefon klingelt und kein anderer als mein Gatte am anderen Ende ist. »Wo bist du?«

»Na, unterwegs natürlich! Wieso fragst du?«

»Du liebe Güte, ich rede bereits eine halbe Stunde mit dir, bekomme immer die passenden Antworten und muss jetzt feststellen, dass ich die ganze Zeit mit zwei Rotschwänzen geplaudert habe! Kannst du in Zukunft nicht wenigstens mal Bescheid sagen, wenn du das Haus verlässt? Bittteee!«

Er hat es mir versprochen – und er tut es sogar auch! Aber es nützt überhaupt nichts! Denn auch diesen Part hat Charlie mittlerweile übernommen.

Mindestens zehnmal am Tag höre ich ihn mit Petersens Stimme laut und deutlich sagen: »So, ich fahr jetzt los!« – bis mir irgendwann der Kragen platzt und ich laut rufe: »Na gut, dann fahr doch endlich!«

Ich warte jetzt nur noch drauf, dass dieser Kommentar von mir mal meinen armen Mann erwischt. Er möge mir dann bitte verzeihen!

Ein anderes winziges Problem ergibt sich bei uns aus der Tatsache, dass mein Mann und ich uns nur bei den Nachnamen nennen. Ich sag zu ihm »Petersen« und er ruft mich »Nerke«. Eigentlich ja nichts Aufregendes – wenn es da nicht Charlie gäbe.

Nicht genug, dass dieser Rotschwanzkrummschnabel von morgens bis abends telefoniert, etliche Male am Tag »losfährt« – nein, dieser Bursche ruft auch laufend nach mir! Er

fängt dabei in ganz normaler Lautstärke und liebevoll an und ich höre:»Nerke?«Antworte ich nicht sofort drauf, kommt in guter Petersen-Manier ein etwas dringlicherer Ton – und wenn bis dahin immer noch keine Rückmeldung von mir gekommen ist, wird er sehr konsequent und brüllt:»Neeerkeee!«

Was danach folgen würde, weiß ich nicht, denn sooo weit hab ich es wohlweislich noch nicht kommen lassen. Weder bei dem einen – noch bei dem anderen. Aber muss ich denn immer springen, wenn meine Männer rufen?

Was mich aber jetzt mittlerweile leicht stutzig macht: Wieso ruft Charlie nicht nach Petersen? Noch kein einziges Mal hab ich ihn diesbezüglich gehört. Sollte ich da eventuell etwas falsch gemacht haben?

* * *

Alle unsere Tiere hatten und haben ihre Vorlieben. Unsere alte Hündin lag am liebsten auf dem Sofa und dann bei uns im Bett. Mindestens eine unserer sechs Katzen kriecht am liebsten unter meine Bettdecke. Die Nächste liegt voller Inbrunst auf der Marmorablage über der Heizung in der Diele. Und der Rest des Hauses ist natürlich auch in fester Hand (bzw. Samtpfote).

Aber es ist natürlich auch klar, dass sie spezielle Leckerbissen bevorzugen:

Würde ich jetzt alle wunderbaren Sachen aufführen, die unsere restlichen Viecher bevorzugen, käme ich ins Endlose – hier geht es ja eigentlich nur um die beiden Papageien: Und die beiden haben wirklich schon einen sehr guten Geschmack. Jeden Morgen bekommen sie außer ihren knackigen Körnern auch noch Erdnüsse und jedes Mal eine Schale mit frischem Obst. Auf Äpfel stehen sie im Moment gar nicht mehr, dafür lieben sie in schnabelgerechte Stücke geteilte Apfelsinen.

Der Clou ist aber, wenn Charlie abends bei uns auf der Sofalehne sitzt und mit mir Eis isst. Ja, richtig. Wir beide vertilgen dann ein Vanilleeis am Stil mit Schokoladenüberzug – und ich muss dabei biestig aufpassen, dass ich auch wirklich die Hälfte abbekomme – und er mir nicht mehr als diese wegfuttert.

In dieser Beziehung ist dieser Bursche gnadenlos.

Danach stürzt sich ein zufriedener, ausgelassener Charlie auf Petersen und sie spielen »Attacke«. Nach einigen liebevollen Zupfern an seinen Ohren und seinen Haaren greift Petersen ihn scheinbar an, hebt seine Hand gegen Charlie und ich rufe: »Attacke!« Ja, und dann breitet dieser witzige Vogel seine Flügel aus und hüpft mit beiden Beinen gleichzeitig auf Petersens Hand zu – und kurz davor stoppt auch er, hebt seine rechte Kralle hoch – und Nerke ist wieder mit »Attacke« dran. Der Rest ist natürlich nur Liebhaben und Kuscheln.

Leider hat dieser Bursche nicht nur seine Leidenschaft zum Eis entdeckt – sondern auch zur Schokolade! Es ist unglaublich, wenn ein kleiner, grauer, rotschwänziger, krummschnabeliger Vogel in der süßesten Zauberstimme flötet: »Charlie möchte Schokolaaadeee!«

Was würden Sie dann tun? Ignorieren? Geht nicht! Bei solch einem Piepmatz überhaupt nicht!

Also muss man sich notgedrungen fügen und immer genü-

gend Tafeln bereithalten. Auch wenn man selber so was überhaupt nicht mag (ha, ha).

Der futtert seine Schokolade – natürlich nur in gesunden Papageien-Portionen – fröhlich vor sich her und natürlich bekommt auch unser »Einbein« seine Schokolade zur gleichen Zeit, denn wir sind ja fair.

* * *

Mittlerweile ist Charlie sechs Jahre bei uns und die Freundschaft der beiden Papageien hat sich sehr positiv entwickelt. Überkommen z. B. Charlie Frühlingsgefühle und der Wunsch nach Zärtlichkeiten, ist Geigei für ihn da. Er krault ihm den Kopf und kuschelt mit ihm und lässt ihn vergessen, dass Meister Einbein kein junges, schnuckeliges Mädchen, sondern ein alter Junge ist.

Vor ca. zwei Wochen aber gab es für uns den absoluten Höhepunkt: Ich hatte mal wieder den Käfig geöffnet, damit die beiden ein wenig Freiheit genießen konnten – und es war ein wirklich schöner Abend. Petersen und ich saßen auf den Sofas, hatten den Fernseher an und dachten an nichts Besonderes. Bis plötzlich die Stimmen der beiden Vögel, die ja sowieso immer reden, meine Aufmerksamkeit erregten.
»Hey, Petersen, irgendwie hab ich das Gefühl, dass die Stimmen der beiden immer näher kommen.«
Wir drehten uns in Richtung Wintergarten und sahen voll Erstaunen, dass nicht nur Charlie, sondern auch unser Einbein Geigei mit von der Partie war. Tapfer humpelte er mit seinem kleinen Beinstumpf hinterher und machte dabei einen äußerst zufriedenen Eindruck. Die beiden zogen

noch eine größere Schleife und ab ging es wieder in ihr Haus.

Wir trauten unseren Augen nicht: Da war dieser einbeinige Graupapagei ohne Hilfe am Käfig runtergeklettert (das war für ihn ja nun wirklich nicht schwer), aber dann war er genauso ohne Hilfe auf dem Fußboden gelandet. Das heißt, er hatte gute 30 Zentimeter Höhenunterschied überwunden. Und genauso kam er wieder zurück ins Vogelheim. Ohne Hilfe und ohne sein zweites Bein. Aber wie sagte Frau Dr. Petersen schon? Papageien schaffen das alles! Und sie hat recht!

Das war für uns die letzte Bestätigung dafür, dass wir bisher alles richtig gemacht hatten und dass, wie immer im Leben, Ausdauer, Zuversicht und vor allem Liebe alles schaffen können!

Tschingi

In den vergangenen Jahren habe ich mich schon mindestens 1000 Mal gefragt, wie es sein wird, wenn eines meiner Tierkinder stirbt. Bei unserem Katerchen Tino habe ich es das erste Mal so richtig erlebt – und ein Teil meiner Seele und all meine Trauer flogen mit ihm in den Tierhimmel. Und nun ist unser kleiner, alter Hund Tschingi dran. Wir haben sie mit acht Wochen als quietschlebendigen Tibet-Terrier-Welpen bekommen und jetzt hat sie das stolze Alter von über 17 Jahren. Jeder, der Tiere hat und liebt, weiß, was das bedeutet.

Wir waren gerade aus dem Urlaub gekommen – meine Schwiegermama, unterstützt von unserer Freundin Inge, hat hier eingehütet und beide hatten schon die Angst, dass sie diese zwei Wochen Urlaub von uns nicht mehr lebend übersteht.
Aber sie war tapfer. Als wir jetzt aber zurückkamen, haben wir begriffen: Sie hat angefangen, zu sterben. Innerhalb von drei Monaten hat sie fast ein Viertel ihres Körpergewichts verloren. Sie hat schon seit einiger Zeit Schwierigkeiten, sich hinzusetzen – es dauert mittlerweile einige Minuten, bis sie ihren Willen im Kopf und die Funktionen ihrer Muskeln in Einklang bringen kann.

Seit einigen Jahren ist sie schon taub – aber das war am Ende überhaupt kein Problem mehr für uns. Wollte ich irgendetwas von ihr – ich stand mit wild fuchtelnden Armen in der Gegend, nur dass sie mich wahrnahm. Hatte sie mich dann endlich entdeckt, war alles okay und ich konnte ihr alles klar machen, was anlag.

Was aber jetzt mit ihr passiert, geht wirklich an die Nieren. Gestern war ich noch beim Tier-Doktor mit ihr – habe sie untersuchen lassen – und in den Augen des Docs las ich: Es ist soweit!
Er hat das natürlich wunderbar formuliert, indem er sagte: »Gut – eigentlich ist es soweit, diese alte Dame hat jetzt wirklich das Recht, in Ehren abzutreten – aber natürlich ist es Ihre eigene persönliche Entscheidung, wann es denn wirklich soweit ist. Ich gebe ihr jetzt noch einmal eine Spritze gegen die Schmerzen – ich gebe Ihnen ein Pulver für den Darm, und als Menü empfehle ich Kartoffelmus mit kleinstgehacktem Hähnchenfleisch.«

Alles habe ich gestern getan. Von meinem Traummenü à la Doktor nahm sie vielleicht zwei winzige Happen, klaute sich aber voller Inbrunst drei Viertel meines Appenzeller Käses und bekam, wie ich netterweise heute noch erfahren habe – in der Nacht einen halben Hühnerschenkel von Vater. Hatten wir schon mal vorher über Erziehung geredet? – Ich hoffe nein!

Die Nacht war – tja, ich weiß nicht wie. Ehrlich. Es ist so schwer, all das auszudrücken, was man empfindet. Aber eins ist gewiss: Ich habe die letzte Nacht nur von all meinen Tieren geträumt. Und ganz besonders auch von Tschingi.

Ich bin nämlich in meinem Traum die ganze Zeit durch irgendwelche Häuser und Büsche und Wälder gerannt und versuchte, sie zu finden. Es ist mir in meinem Traum leider nicht gelungen – und ich glaube, das war ein Zeichen.

Ich habe meine Rundfunksendung für morgen abgesagt, ich kann einfach nicht fröhlich Popmusik spielen, wenn ein Kind von mir stirbt.
Ich bekam Gott sei Dank sofort Ersatz für die Sendung.

Es ist jetzt Viertel vor sechs – es bleibt ihr noch gut eine Stunde. Ich bin schon seit einigen Stunden dabei, mit ihr zu reden. Ich habe in ihre Augen geschaut, die schon ein bisschen getrübt sind – ich habe ihr alles erklärt, und sie hat mir gesagt: »Du hast recht – ich kann und mag nicht mehr.«
Ich heule seit vier Stunden.
Ich hab sie gestreichelt – in den Arm genommen, mein Mann Petersen hat sich in endlosen Zärtlichkeiten von ihr verabschiedet – sie weiß, was los ist – aber er hat sich geweigert, beim endgültigen Ende dabei zu sein.
Wenn es dann wirklich soweit ist, wird auch unser Sohn da sein, denn schließlich ist er mit diesem wunderbaren Wesen aufgewachsen und er wird mir beistehen.

* * *

Dieser kleine bewundernswerte Hund hat noch genau 35 Minuten, bevor er mit all seinen Träumen und Wünschen über die Regenbogen-Brücke ins Paradies geht. Ich habe ihr erzählt, dass sie da überhaupt nicht alleine sein wird. Wenn sie dort ankommt, wird sie überhaupt keine Schmerzen

mehr haben, sie wird ihre Eltern und alle Freunde und Geschwister treffen und mit jedem Schritt auf dieser Brücke
wird sie jünger und schöner.

Es sind noch 25 Minuten.

Es geht mir so dreckig wie noch nie. Ich sitze oben auf der
Galerie im Büro und schreibe. Die Kleine läuft unten rum
und sucht mich! Also wieder die Treppe runter und sie
noch oben aufs Sofa gehoben. Ich nehme sie in den Arm
und knuddel mit ihr. – Es bleiben noch 20 Minuten.

Sie springt vom Sessel runter – weiß eigentlich nicht, was
sie will, legt sich in Zeitlupe vor die Treppe.
Ich sitze vor dem Computer und kämpfe mal wieder mit
den Tränen.

Es ist zwölf Minuten vor sieben. Mein Petersen schickt sich
an zu gehen, er ist zwar ein Mann, aber in solch einer Situation streicht er die Segel. Übrigens wusste ich schon vorher:
In schwierigen Situationen sind die sogenannten schwachen Frauen immer doch wohl die Stärksten.

Fünf vor sieben.
Wir halten es nicht mehr aus. Petersen ist zwar geflüchtet,
aber er ist schon dreimal wiedergekommen und hat sie in den
Arm genommen. Jetzt hab ich ihn endlich weggescheucht.
Unser Sohn Kim ist gekommen.
Eben hat Petersen mich noch gefragt:»Meinst du, es ist rich-
tig, was wir tun?«
Ich hab ihn dafür fast die Treppe runtergeschubst! Endlich
sind wir uns alle einig, und dann noch das!

Zwei vor sieben.
Kim und ich warten mit Tschingi.

Sieben Uhr.
Es ist soweit.

Der Doktor kommt. Er ist zwar noch jung – aber er ist für unsere Tiere und auch für uns der Beste. Wir sehen uns in die Augen – seine eigene Ruhe gibt auch mir eine gewisse Ruhe. Wir reden kaum. Das Einzige, was er tut: Er erklärt kurz genau, was er jetzt tun wird. Seine Stimme ist dabei ganz ruhig – fast könnte man sich dabei entspannen. Aber eigentlich kenne ich die ganze Prozedur schon von unserem Katerchen Tino.

Kim und ich haben Tschingi zwischen uns auf dem Sofa liegen. Der Doc gibt ihr die erste Spritze und setzt sich in den Garten. Er gibt ihr und uns Zeit. Wir streicheln sie – sie schläft ein.
Der Doc kommt wieder rein und gibt ihr die endgültige Spritze. Ich heule – ich kann mich nicht beherrschen. Kim hat sich ein bisschen besser im Griff. Aber auch er ist seelisch am Ende. Man verliert wieder mal ein Kind.

* * *

Petersen begräbt sie hinten in unserem Naturwald neben Katerchen Tino. Für Tschingi habe ich mir ein Kreuz gewünscht – schon am nächsten Tag hat sie eins auf ihrem Grab.
Es hat einige Tage gedauert, bis ich fähig war, ihren Namen drauf zu schreiben. Ganz oben habe ich ein Herz gemalt.

Wir gehen regelmäßig zu ihr. Aber nicht nur zu ihr – wir besuchen damit gleichzeitig unser Kaninchen Mümmelchen, unser Katerchen Tino und das fremde schöne Katerkind Felix, das quasi als Findelkind in meinen Armen gestorben ist.

Auf Tschingis Grab steht immer eine Sektflache als Vase, gefüllt mit jeweils frischen Blumen und Zweigen aus unserem Garten, den sie so geliebt hat.

Und wollen Freunde oder Verwandte unsere Tiere besuchen – dann schicken wir sie einfach in unseren Wald und sagen:»Folgt einfach dem Pfad zum Friedhof unserer Kuscheltiere. Wenn ihr wirklich dahin wollt, dann werdet ihr den Weg auch finden.«

Tobi

*(Unser tiefschwarzes Luxusmodell,
auf Hochglanz poliert und etwas tiefergelegt)*

Langsam komm ich mir wie eine Auffangstation vor. Jeder weiß anscheinend, dass man bei Nerke und Petersen alles abliefern kann, was nervt, was über oder was nicht mehr willkommen ist. So erging es uns vor knapp drei Jahren mit Tobi.

Kurz vor Weihnachten kündigten sich unsere Trauzeugin Grit und ihre Freundin Regina an. Ich freute mich riesig, denn wir hatten uns etliche Zeit nicht mehr gesehen und per Email schrieb Grit, dass sie uns als Gastgeschenk was richtig Wuscheliges, Kuscheliges und Schwarzes mitbringen würden.
Zu Petersen sagte ich nur: »Ha, noch ein Plüschtier! Das gehört dann aber mir!«

Es klingelte, ich öffnete die Tür – und da standen sie! Grit, Regina und zwischen ihnen ein robuster Katzentransportkorb.
Nein, ich weiß wirklich nicht mehr, was ich in diesem Augenblick gedacht habe – ich sah nur die erwartungsvollen Augen unserer Freundinnen und lief schnurstracks ins Wohnzimmer: »Petersen – komm kucken – aber frag nicht!« Mein Petersen reagierte natürlich bedeutend gelassener als

ich und bat die beiden erst mal rein. Als sie den Katzenkorb in der Diele abgestellt und ihren Drink in der Hand hatten, erfuhren wir langsam, worum es ging.

Der lebende Inhalt des Korbes hieß Tobi, war ein fünfjähriger schwarzer Kater, kastriert und gesund – aber er musste aus seinem jetzigen Zuhause weg. Tobi gehörte der Cousine von Regina, lebte mit seinem Frauchen in einem Zweizimmerappartement und war mindestens fünf Tage in der Woche mutterseelenalleine in dieser Wohnung. Seit sein Frauchen einen Freund hatte, wurde Tobi Nebensache, denn sie war meistens bei ihm.

Aber in dieser Zeit des Alleinseins bei Wasser und Trockenfutter verbitterte dieser wunderbare Kater nicht etwa, nein, er machte sich an die Arbeit: Ganz auf sich alleine gestellt, fand er nach mühevoller Arbeit und Erfahrung heraus, wie man Schranktüren öffnen konnte.
Nachdem für diesen Ausnahmekater die Schranktüren kein Thema mehr waren, widmete er sich den wirklich wichtigen Hindernissen: den Zimmertüren. Anscheinend ziemlich schnell fand er mit seiner Intelligenz heraus, wie er auf die Klinke springen und sich gleichzeitig abstoßen musste. Das Ergebnis gab ihm recht. Was wir allerdings erst etwas später erfahren sollten!

Als dann aber sein Frauchen zu ihrem Freund zog und der sich sofort einen Hund zulegte, war für Tobi kein Platz mehr. Er war überflüssig, wurde anscheinend auch nicht mehr geliebt und nicht mehr gut behandelt. Also griff Regina ein und brachte ihn mit Grit zu uns.

Gott sei Dank gibt es bei uns im Haus keine geschlossenen Türen (außer natürlich der Haustür), denn unsere vielen Tiere sollen sich jederzeit frei bewegen können. Ich glaube, auch das gehört zu einer gut funktionierenden Familie.

* * *

Nachdem wir uns von unserer Überraschung erholt und alles besprochen hatten, brachte ich Tobi in unser großes Gästezimmer, das ehemalige Zimmer unseres Sohnes Kim. Ich stellte die Katzentoilette, die Grit und Regina voller Umsicht mitgebracht hatten, auf und öffnete dann den Katzenkäfig.

Ich sah dabei Tobi das erste Mal in voller Größe und war entzückt von seiner Schönheit. Na gut, er war zwar offenbar nicht der Dauerbesucher eines Fitnessstudios – aber was war das schon gegen seine Traumaugen? Als ich diesem Kater das erste Mal intensiv in seine Augen sah, versprühte er förmlich Sternenstaub und ich stand da wie verzaubert! Ja, du meine Güte, was für ein Kerlchen!

Tobi war total verängstigt und verschreckt, aber das war ganz natürlich. Alles war bei uns fremd für ihn. Ich wollte ihm Zeit geben, sich zurechtzufinden. Ich ließ also das Licht brennen, verließ das Zimmer, schloss die Tür und ging nach unten zu den anderen.

Alle drei sahen mich erwartungsvoll an.

Ich grinste nur und meinte dann: »Oh Mann, ist das ein Prachtkerl!«

Könnte man Erleichterung sichtbar machen, dann wäre jetzt ein Orkan von Schmetterlingen durch den Raum gefegt.

Ich sagte ihnen:»Ich hab ihn oben ins große Gästezimmer gegeben, seine Toilette hingestellt, habe aber – damit er sich zurechtfindet – das Licht angelassen und die Tür zugemacht.«

»Du hast was?«, fragte Regina.

»Na, das habe ich doch eben gesagt.«

»Du hast die Tür zugemacht?«

»Ja, natürlich. Ich kann ihn doch nicht gleich beim ersten Mal ganz alleine in unser Haus lassen – der findet sich dann doch überhaupt nicht mehr zurecht.«

»Uschi! Der Kater kann Türen öffnen!«

»Der kann bitte was?«

»Na, er kann Zimmertüren öffnen – und wenn er raus will, macht er sie einfach auf!«

Nerke wirbelte auf dem Absatz herum und stürmte nach oben.

Mist! Die Tür war tatsächlich auf und Tobi verschwunden.

Völlig mutlos sank ich aufs Sofa.

Ja, du meine Güte! Wo um alles in der Welt sollten wir einen schwarzen Kater am Abend in einem großen Haus suchen?

Petersen versuchte mich zu trösten und meinte nur:»Nerke, mach dir keine Gedanken, wenn er Hunger hat, wird er sich schon zeigen!«

Optimist!

Es tat sich leider gar nichts! So sehr wir uns auch anstrengten – Tobi blieb verschwunden. Wir gingen völlig frustriert ins Bett und hatten beide eine unruhige Nacht.

Am nächsten Tag kam unser Sohn Kim vorbei und half uns bei der erneuten Suche. Obwohl ich schon ziemlich resignierte, sagte mein Verstand mir, dass er immer noch in unserem Haus sein musste. Wir hatten schließlich peinlichst drauf geachtet, dass kein Tier unkontrolliert aus dem Haus »entkommen« konnte und dass er sich irgendein verrücktes Versteck ausgesucht haben musste.

Und dann kam endlich die Erlösung: »Wir haben ihn gefunden!«
Das Freudengeschrei einer Indianerhorde hätte nicht schöner klingen können. Nerke rannte wie der Blitz nach oben und bremste gerade noch rechtzeitig vor der Schlafzimmertür ab.
»Ja, und wo ist er? Ich sehe ihn nicht!«
»Kannst du auch nicht.«
»Und warum nicht?«
»Na, weil er sich trotz seiner Leibesfülle in den nur zehn Zentimeter breiten Abstand zwischen Wand und Schrank gezwängt hat.«
»Ja, und nun?«
»Nun hängt er fest, denn vor ihm ist nur noch die Wand – und zurück kann er auch nicht mehr!«
In meinem Kopf begann sich gerade ein Wirbelsturm zu entfalten. Ich versuchte ruhig zu bleiben und überlegte: Dieser wunderbare Kater war also zwischen Wand und Rückwand unseres fünftürigen Kleiderschrankes eingeklemmt. Bis zu ihm war es also eine Entfernung von circa drei Metern. Keiner von uns war fähig, sich zu einer zehn Zentimeter platten Briefmarke zu machen, zu Tobi vorzudringen und ihn da rauszuholen.

Wie also sollte das alles gehen? Wusste ich es auch noch nicht – meine wunderbaren Männer wussten Rat. Und was

ich dann erlebte, werde ich in meinem ganzen Leben nicht mehr vergessen: Vater und Sohn hoben unter unglaublichen Anstrengungen diesen Riesenschrank Stück für Stück beiseite – bis Kim endlich genügend Platz hatte, sich mit seinen langen Armen Tobi zu greifen und mir in den Arm zu legen.

Ich fürchte – ich habe geheult!

* * *

In der nächsten Zeit achtete ich natürlich sehr sorgfältig darauf, dass Tobi in seinem Zimmer blieb. Also schloss ich seine Tür ab. Ich tat es wirklich nicht gerne, aber es musste ganz offensichtlich sein.

Petersen und ich besuchten ihn regelmäßig, ich blieb auch öfters längere Zeit bei ihm, bügelte vor dem Fernseher, setzte mich zu ihm und sprach mit ihm. Langsam verlor er seine Scheu und näherte sich uns Millimeter für Millimeter. Ich drängte ihn nicht, und ich glaube, das war für ihn genau das richtige Rezept.

Langsam ließ ich dann sogar auch die Zimmertür auf und wir warteten. Wir mussten ziemlich lange warten, aber das war uns egal. Wichtig war nur, dass er begann uns zu vertrauen und merkte, dass wir es nur gut mit ihm meinten.

Und dann kam der große Tag! Petersen und ich saßen entspannt im Wohnzimmer – es war genau drei Monate nach Tobis Ankunft. (Ich hab das ganz genau in meinem Kalender vermerkt!) Alles war wie sonst. Allerdings bemerkte ich

im Augenwinkel einen dunklen Schatten, der sich von der Diele in die Küche bewegte.

»Petersen – da tut sich was! Bleib bitte sitzen, ich geh schon.« Mein geliebter Gatte begriff ganz offensichtlich überhaupt nichts – aber es reichte ja auch, dass ich ahnte, was da vor sich ging. In aller Ruhe stand ich auf und ging betont lässig in die Küche.

Und da stand er! Er strahlte mich mit seinen wunderschönen Augen an und ich las darin seine Botschaft: Hey, Mama, ich bin ganz alleine runtergekommen – bist du jetzt stolz auf mich?

Nein, ich bin wirklich kein übersentimentaler Typ – aber das haute mich fast um! Ich schnappte mir das schwarze Goldkind und nahm Tobi auf dem Arm mit ins Wohnzimmer zu Petersen. Dieser staunte wirklich nicht schlecht. Ich ließ Tobi runter und anstatt die Flucht zu ergreifen, blieb er bei uns und machte es sich gemütlich.

Ich weiß nicht mehr, wo zu diesem Zeitpunkt unsere anderen Katzen waren, aber in diesem Fall war es gut, dass sich keine von ihnen sehen ließ.

Tobi hatte nun seine Hauptscheu überwunden, hatte begriffen, dass es keine geschlossenen Türen mehr gab, und versuchte sich höchstens noch mal unsichtbar zu machen, wenn unser Grieche Nikos in der Nähe war. Auch bei unserer schwarzen alten Dame Bonnie – immerhin zu dem Zeitpunkt bereits 18 Jahre – ließ er Vorsicht walten und verhielt sich in ihrer Nähe sehr diskret. Waren diese »Gefahren« aber vorüber, wurde er schon wieder mutiger, schlich sich an Penny heran und zwinkerte ihr verschämt zu, wenn sie ihn ansah. Sollte sich da was entwickeln?

Es blieb natürlich nicht aus, dass wir Tobi mehrmals am Tage bei seinem Namen riefen, und so war es eigentlich auch völlig normal, dass unsere beiden Graupapageien gut zwei Wochen später voller Inbrunst laut, deutlich und sehr liebevoll »Tobi« riefen.

* * *

Ich glaube, ich muss es jetzt schon mal sagen: Tobi ist mein Kater geworden. Wenn ich abends zu Petersen sage: »Gute Nacht, mein Schatz« (doch – das kommt ab und zu wirklich vor), sage ich gleich danach zu Tobi: »Hi, mein Schätzchen, Mami geht jetzt gleich ins Bett – geh doch einfach schon mal vor!«

Und was passiert? Mein Prachtkater steigt nach kurzem Augenkontakt mit mir wirklich und wahrhaftig die Treppen hoch ins Schlafzimmer. Und wenn ich dann ins Bett krabbel, liegt mein schwarzer Schatz schon auf dem weißen Kissen zwischen unseren Kopfkissen auf der Besuchsritze. Bin ich endlich bei ihm, stellt er seine Knattermaschine an, robbt zu mir ran, legt seine Vorderpfötchen auf meinen Arm, sein Köpfchen drauf und ist ganz augenscheinlich glücklich. Mal ganz abgesehen von seiner Mutter!

Ist er mal zu meiner persönlichen »Bettzeit« noch nicht so recht müde, geht er auf Erkundungstour. Genau wie früher widmet er sich dann den Türen unseres Schlafzimmerschrankes und arbeitet so lange dran, bis er sie offen hat. Ich liege dann immer schon im Bett, hab den Fernseher an oder lese und beobachte ihn. Es ist wirklich unglaublich, mit welcher Ausdauer er der Reihe nach die Türen bearbeitet,

122

bis sich endlich eine öffnen lässt und er es sich im Schrank gemütlich machen kann.

Nein, ich habe nichts dagegen – warum auch? Hauptsache, er ist beschäftigt und hat seinen Spaß. Kaputtmachen kann er dabei ja nichts.

An einem solcher Abende in der Anfangszeit war Tobi auch mal wieder auf »Montage«. Ich lag lesend im Bett, verfolgte aber seine Aktivitäten und schmunzelte. Er war schon wirklich ein Tausendsassa!

Was dann allerdings passierte, ließ mich senkrecht im Bett sitzen. Wie hypnotisiert beobachtete ich diesen schwarzen Kater, wie er sich nach den Schranktüren jetzt die Schubläden vornahm. Stück für Stück zog er sie auf!

Das reichte!

»Petersen«, schrie ich nach unten, »ich zieh aus – das mache ich nicht mit!«

Sofort kam mein Gatte hochgetrabt und schaute seine eben noch keifende Gemahlin erwartungsvoll an!

»Kuck dir das an! Ich hab ja wirklich nix dagegen, wenn er alle Schränke auseinandernimmt und die Türen offen stehen lässt. Aber muss er jetzt auch noch alle Schubläden aufziehen?«

Ich sah es verdächtig in den Mundwinkeln meines Gatten zucken – und als er sich nicht mehr zusammenreißen konnte, lachte er laut los. Natürlich prustete auch Nerke mit – und am Ende schloss ich die Türen, schob die Schubläden wieder rein – und Tobi landete bei uns im Arm! Was für ein Kerlchen! (Ich meine in diesem Fall den Kater.)

* * *

Ein anderer Abend war allerdings schon schwerwiegender. Petersen und ich saßen locker und entspannt im Wohnzimmer. Der Fernseher lief und jeder las dabei. (Warum war dann eigentlich der Fernseher an?)

Plötzlich riss uns ein lautes Poltergeräusch fast aus den Kissen! Wir beide holten tief Luft, sahen uns an und sagten dann wie aus einem Munde: »Er ist gegangen!«
Und wie Recht wir hatten! Wir stürmten in die Diele und starrten verdattert auf die offene Eingangstür. Tobi saß etwa zwei Meter draußen davor und genoss diese neue Möglichkeit des »Ausgangs«.
Ich muss wohl nicht extra erwähnen, dass wir ab diesem Tag die Tür abschlossen. Und zwar tagsüber wie auch nachts. Sicher ist sicher!

Inzwischen hat Tobi gelernt, wie alle anderen Katzen auch die Katzenklappe zu benutzen. Angst vor dem Klappergeräusch braucht er nicht zu haben, denn mein Petersen hat zum Wohle aller unserer Stubentiger irgendwann die Klappe einfach abgebaut. Nun marschieren sie alle ungehindert durch das vorhandene Loch in der Terrassentür und finden es ganz offensichtlich wunderbar.

Nerke allerdings steht diesem »Zustand« ziemlich kritisch gegenüber, denn außer Katzen kommt auch noch genügend Wind herein. Besonders unangenehm wurde es im letzten Winter. Trotz Heizung, brennendem Kamin und zusätzlicher Wolljacke saß ich im wahrsten Sinne des Wortes im frischen Wind und fröstelte.
Für diesen Winter hat mein Gatte mir aber ein raffiniertes Windumleitungssystem versprochen, sodass wir einem ge-

mütlichen Winter entgegenblicken können. Und es wäre gelacht, wenn wir das nicht auch noch alles auf die Reihe bekommen würden!

* * *

P.S.: Ich hatte doch vorhin gesagt, dass Tobi ganz und gar mein Kater wäre – und was musste ich vor einigen Tagen beobachten? Mein Petersen war am Kiefer operiert worden, hatte natürlich richtig Schmerzen, war mit Medikamenten vollgestopft und lag folgerichtig im Bett. Und wer lag wie eine liebevolle Krankenschwester laut schnurrend in seinem Arm? Dreimal dürfen Sie raten.

Nein – ich werde ihm keine Krankenschwesternausrüstung kaufen!

Nikos

(Der wunderschöne Prinz von Kreta)

Wir waren gerade den zweiten Tag auf unserer Lieblingsinsel Kreta in unserem Lieblingshotel, in dem wir mittlerweile nach über 20 Jahren schon Stammgäste sind. Wir lagen am Strand und genossen das wundervolle Meer. Wir hatten wirklich nette »Schirm-Nachbarn« gefunden, hatten miteinander schon so einiges beklönt und man wusste nebenan, dass wir Tiere lieben.

Es war wirklich eine sehr entspannte und zufriedene Atmosphäre, als plötzlich unsere Strandnachbarin angerannt kam und atemlos in meine Richtung rief: »Uschi, Uschi, du wirst es nicht glauben! Die Kinder haben da oben im Hotelgarten ein unglaublich süßes kleines Kätzchen gefunden!«

»Ja und? Wohin gehört das?«

»Wahrscheinlich zu niemandem – sie haben es in den Blumenbüschen entdeckt. Das kleine Ding ist wunderschön – schau es dir doch einfach mal an!«

Bei dem Ausrufezeichen war sie schon wieder unterwegs und Nerke rannte wie hypnotisiert hinterher. Du liebe Güte – was tust du hier denn schon wieder, durchfuhr es mich.

Und dann sah ich es! Ein perfektes Katzenkind auf dem Schoß eines ca. zehnjährigen Mädchens, das das bildschöne

126

Katzenbaby in ihrem Schoß hielt und streichelte. Mein Herz und mein Verstand schlugen Purzelbäume – was für ein wunderschönes, traumhaftes Wesen!

Ich hatte wirklich Schwierigkeiten, mich in den Griff zu bekommen. Es konnte doch auf keinen Fall hier bleiben. Aber wie sollte das alles gehen? Ich sprach mit dem Mädchen und erklärte ihr, dass ich dieses Kätzchen liebend gerne mit nach Deutschland nehmen würde, damit es ein richtige Zuhause hätte. Allerdings müsste ich noch meinen Mann fragen, denn der wüsste ja davon noch gar nichts.

Da es bei ihrer eigenen Familie nicht möglich war, weil ihre Mama eine Katzenallergie hatte, stimmte sie mir sofort zu und war auch sofort bereit, die kleine Maus bis zum endgültigen Entscheid weiterhin zu behüten. Also nahm ich ihr das kleine Wesen ab, drapierte es in meinen Armen und marschierte todesmutig an den Strand zu meinem Petersen.

Er bemerkte mich erst, als ich mit meinem Goldschatz im Arm hinter ihm stand. »Drehst du dich bitte mal um und kuckst, was ich hier habe?«
Er schaute hoch und sagte nur: »Nein! Nein! Nein! Das geht überhaupt nicht!«
Leicht irritiert sagte ich nur: »Petersen, schau dir dies kleine Wunderwesen doch einfach nur mal an. Was ist denn falsch damit?«
Er stand aus seinem Liegestuhl auf, schaute uns beide ernst an und meinte dann zu mir: »Nein! Ich möchte keine weiteren Tiere mehr! Denn ich möchte nicht, dass eins unserer

Kinder uns überlebt und dann alleine ist. Wir sind schließlich nicht mehr die Jüngsten!«

Ich konnte und wollte das nicht glauben! Was war denn plötzlich mit diesem Mann passiert, mit dem ich mittlerweile nicht nur Menschenkinder, sondern auch 14 Tierkinder großgezogen hatte? Zu diesem Zeitpunkt lebten immerhin noch fünf Katzen, zwei Graupapageien und etliche Fische bei uns. Er liebte doch genauso wie ich sämtliche Viecher und war ihnen ein wunderbarer, verantwortungsvoller »Vater«.

Ich blieb wie angewurzelt stehen und rührte mich nicht. Ich war zutiefst enttäuscht. Ich hätte heulen können! Ich blickte auf das Katzenkind in meinen Armen – und als ich aufschaute, in Petersens Augen. Und ich konnte nicht glauben, was ich da sah: Ich sah alle Liebe, Wärme, Weichheit und Zärtlichkeit, zu der ein Mensch nur fähig war!

Er grinste mich ein wenig verlegen an und meinte dann nur: »Und wie bekommen wir dieses Prachtstück mit nach Hause?«

Da stand ich nun – mit besagtem Prachtstück in meinen Armen und hatte noch nicht mal die Möglichkeit, diesen fantastischen Kerl zu umarmen. Ich hatte ja schließlich beide Arme voll!

Ich brachte das Kleine glückselig zu dem Mädchen zurück, sagte ihr, dass bei uns alles geklärt sei und dass sie bitte noch ein wenig auf den kleinen Schatz aufpassen solle. Natürlich war sie sofort einverstanden und ich wusste, bei ihr war das Kleine gut aufgehoben. Hatte sie es doch schon vor einigen Tagen – wie sie mir erzählte – erfolgreich vor einem etwa dreijährigen Jungen gerettet, der die kleine Katze am

Schwanz fasste, in die Luft hob und dann einfach fallen ließ. Seine Eltern standen daneben und amüsierten sich köstlich. Ich glaube nicht, dass dazu ein Kommentar nötig ist!

Das nächste Problem war jetzt: Wie bekamen wir das kleine Katzenvieh problemlos nach Deutschland? Im Hotel bekamen wir unerwartete Hilfe, denn eine Mitarbeiterin war mit der Leiterin der Organisation »Friends of Animals« befreundet. Sie gab uns die Adresse eines Tierarztes im nächsten Ort und machte uns Mut. Sie meldete uns auch gleich für Montag Vormittag an.

* * *

Mittlerweile war es Sonntag – unser Rückflug war für Mittwoch geplant – und mein Petersen meinte, das kleine Wesen sollte sich so langsam mal an uns gewöhnen.
»Und wie das?«
»Na, wir nehmen es einfach mit nach oben auf unser Zimmer!«
Aaah ja!

Natürlich hatte inzwischen das gesamte Hotelpersonal inklusive Hoteldirektor mitbekommen, was wir vorhatten.
Er sagte zu uns:»Sie wissen, wir finden es wunderbar, wenn Sie ein herrenloses Tier von Kreta mit nach Hause nehmen – aber Sie wissen auch: keine Tiere auf dem Zimmer!«
»Natüüürlich nicht«, klang es von uns beiden – wir hätten Zwillinge sein können!
Trotzdem setzten wir das kleine Wesen abends in meine große Badetasche und ich brachte es nach oben. Petersen

war inzwischen in der Hotelküche fündig geworden und schleppte einen Karton, den er mit Seesand gefüllt hatte, in unser Badezimmer. Zu unserem Erstaunen akzeptierte diese kleine Katze diesen Karton sofort als ihre Toilette. Sie muss eine fantastische Mutter gehabt haben.

Gefüttert wurde sie an diesem Abend noch vom Hotelbuffet. Es gab also leicht verdauliche Wurst und gebratenes Fleisch und Fisch. Auch wir mussten ja schließlich erst mal lernen, was sie gerne aß.

Natürlich waren wir an diesem ersten gemeinsamen Abend ganz schnell wieder auf unserem Zimmer, damit unser kleiner Schatz nicht allzu lange alleine bleiben musste. Kaum waren Petersen und ich im Bett, krabbelte das kleine Katzenkind in meinen Arm, rollte sich ein, versteckte seine Nase auf meiner Brust, schnurrte noch eine Weile laut – und war dann plötzlich eingeschlafen. Ich wagte mich kaum zu bewegen.

* * *

Am Montagmorgen wurden wir von unseren griechischen Freunden mit dem Auto abgeholt und zum Tierarzt gefahren. Die »Praxis« entpuppte sich als eine kleine Kabine von ca. drei mal zwei Metern in einem riesigen Tierfutterladen. Uns war es egal, denn der Arzt war sehr nett und anscheinend auch kompetent – sonst hätte man ihn uns bestimmt nicht von »Friends of Animals« empfohlen. Mein Petersen stöberte planlos im Laden herum – er hat bis heute noch keinen Tierarztbesuch erlebt – und ich war natürlich vorne an der Front.

130

Der Doktor untersuchte die kleine Katze, und das Erste, was er mir sagte, war: »Hurrah, es ist ein Junge! Und er ist völlig gesund! Altersmäßig schätze ich ihn auf etwa sieben Wochen.«

Wie der Blitz sauste ich in den Laden und überbrachte Petersen die frohe Botschaft. Der schmunzelte nur zufrieden. Der kleine Kater wurde noch geimpft, bekam seinen Impfausweis und mit genügend Katzenfutter ausgestattet wurden wir von unseren Freunden wieder ins Hotel gefahren.

Zurück in unserem Hotelzimmer lernten wir den Kleinen dann besser kennen. Die Zimmermädchen waren allesamt entzückt über unseren bildschönen Nachwuchs, füllten in die Näpfe eventuell fehlendes Wasser und Futter auf, machten sogar das Katzenklo sauber und gingen äußerst liebevoll mit dem Kleinen um. Mindestens alle zwei Stunden kam einer von uns zu ihm und sah nach, was lief. Und was da lief, war unglaublich!

War der kleine Kater eben noch in der einen Ecke des Zimmers, war er eine Sekunde später schon in der entgegengesetzten Ecke. Wie der Blitz schoss er durch die Gegend und wir wussten eigentlich nie so recht, wo er denn gerade wirklich war. Er entwickelte eine ungeheure Geschwindigkeit und hat sich wahrscheinlich wonniglich amüsiert, wenn Neu-Vater und -Mutter dann ratlos in der Gegend standen und fragten: Und wo ist er jetzt schon wieder?

»Petersen, das ist keine Katze«, meinte ich dann zu meinem Gatten, »das ist keine Katze, das ist eine griechische Rennmaus mit Olympiaambitionen!«

Tja, nun hatten wir das Kind – und nun musste das Kind auch einen Namen haben. Natürlich einen griechischen, denn schließlich war der kleine Kater ein Grieche. Es war unglaublich, was sich dann in der Hotelhalle abspielte. Uns bisher völlig unbekannte Gäste kamen auf uns zu und machten uns Namensvorschläge. Und da kamen dann Sachen wie: A-ga-mem-non!

»Danke«, sagte ich dann lieb lächelnd, »aber wenn ich A sagen würde, wäre der kleine Kerl schon lange wieder weg!«

»Haben Sie schon mal über O-dys-seus nachgedacht?«

»Danke«, sagte ich dann wieder lieb lächelnd, »aber er ist doch noch sooo ein winziger Kerl, dazu passt doch solch ein großer Name nicht.«

Nein, es war wirklich nicht so einfach mit der Namensgebung. Weil uns nichts Besseres einfiel, gingen wir dann einfach mal die Namenslisten der Hotelmitarbeiter durch – und plötzlich hatten wir den idealen Namen gefunden: NIKOS!

Endlich hatte unser Glück einen Namen!

* * *

Am Mittwoch verluden wir nicht nur unser Gepäck, sondern auch noch Katerchen Nikos in meine extra für ihn gekaufte große Tasche. Ohne wirklich großes schlechtes Gewissen hatte ich dem Hotel ein weiches, schneeweißes Handtuch geklaut und darauf unser Baby gesetzt, oben den Reißverschluss zugezogen – und ab da war Ruhe!

Ich staune auch heute immer noch darüber, dass dieser kleine Kerl volle sieben Stunden Fahrt zum Flugplatz, Einchecken, Warten, Flug nach Hannover, Auschecken ohne einen Ton von sich zu geben in dieser Tasche blieb. Während des Fluges hatte ich mir einmal normales Wasser vom Steward geben lassen, war damit samt Katertasche auf der Toilette verschwunden und versuchte dort, dem kleinen Mann etwas zu trinken zu geben. Nikos verweigerte alles und krabbelte sofort wieder in seine Tasche zurück. Für ihn war diese jetzt seine sichere Zuflucht.

Als wir auf dem Flughafen Hannover durch den Zoll gingen, war ich richtig beleidigt! Nicht ein einziger der Beamten wollte unseren Impfausweis von Nikos sehen! Ja, du liebe Güte – warum hatten wir denn diesen ganzen Zirkus veranstaltet? Schließlich war dieses Papier Vorschrift und keiner sah es als erforderlich an, danach zu fragen. Aber ich schwöre: Hätten wir diesen Wisch nicht gehabt, hätte es garantiert echte Schwierigkeiten gegeben!

Vor unserer Rückreise nach Deutschland hatten wir Omi Sylt, also Günthers Mama, die bei uns einhütete, absichtlich nichts von Nikos erzählt. Dafür wussten unsere beiden Kinder Kiki und Kim natürlich Bescheid. Sie waren total begeistert und holten uns von Hannover ab.
Beide sind absolute Tierliebhaber (ja, von wem haben sie das denn wohl?), gerieten beim Anblick unseres kleinen Griechen in völlige Begeisterung und feierten fast eine Party, als wir auf dem ersten Autobahnrastplatz den Kleinen ins Gras setzten und er sein erstes deutsches Geschäft erledigte. Was für ein Superjunge! Und was für Superkinder!

Als wir dann endlich zu Hause waren, kam auch in Omi Sylt Begeisterung hoch – auch wenn sie dann irgendwann sagte: »Ach, ihr beiden, ihr seid doch wirklich verrückt!« Wir beide schmunzelten nur. Hatten wir jemals etwas Gegenteiliges behauptet?

* * *

Der kleine Grieche war nun bei uns zu Hause und musste lernen. Es war ganz klar, dass er bei seiner leiblichen Mama nur die Grundbegriffe des Lebens – sprich des Überlebens – gelernt hatte.
Aber das war natürlich nicht genug für die technische Welt von heute.

So war nicht einfach, ihm die Gefahren eines Ceranfeldes klarzumachen. Da er damals unser Baby war, bekam er sein Futter auf der Arbeitsplatte in der Küche serviert – und jedes Mal baute ich Wegsperren, sodass er nicht zum Herd gelangen konnte. Außerdem sagte ich jedes Mal laut: »Nein«, wenn er mal wieder in diese Richtung unterwegs war. Das hätte eigentlich reichen müssen – oder?

Nun ja, Denken und Handeln sind immer noch zweierlei, und das haben wir beide gelernt. Ich weiß bis heute noch nicht, wie dieser kleine Kerl es geschafft hat, Mutters Sicherheitsgürtel zu umgehen oder zu durchbrechen. Ich werde aber nie diesen fürchterlichen Schrei von Nikos vergessen. Ich rannte in die Küche – und sah ihn zwar neben dem Ceranfeld sitzen – aber seine eine Vorderpfote klebte förmlich auf der immer noch heißen Platte. Ich riss ihn in

meine Arme, raste zum Doktor und da wurde die ziemlich angeschmurgelte Pfote behandelt.

Er ist nie wieder in Herdnähe gegangen!

* * *

Sein erstes Weihnachten bei uns war dagegen schon viel lustiger – in diesem Fall meine ich für Nikos und nicht für uns! Oder finden Sie es komisch, wenn Sie beim Schmücken des Weihnachtsbaumes circa 15 Mal die unteren Kugeln erneuern müssen, da Nikos jede in seiner erreichbaren Höhe runterreißt und dann mit Jubelgeschrei durchs Wohnzimmer tobt und genüsslich zerstört?

Ein Jahr später besorgte ich Kunststoffkugeln – und siehe da – es herrschte plötzlich Frieden zwischen Nikos und den Kugeln. Für ihn waren sie nämlich inzwischen total langweilig geworden, weil unzerstörbar! (In diesem speziellen Fall würde ich mich über ein Lob Ihrerseits sehr freuen!)

In der Schule habe ich gelernt, dass die »Alten Griechen« doch sehr intelligent und fortschrittlich waren. Mittlerweile glaube ich, dass unser Nikos ein direkter Nachkomme dieser Genies ist. Denn wie kann man sich sonst diese Tatsache erklären: Wir sitzen im Wohnzimmer und schauen Fernsehen. Spätestens nach 7,23 Sekunden sitzt unser Nikos davor und schaut auch. Ehrlich – ich habe so was Komisches noch nie erlebt. Da sitzt dieses Kind ca. 50 Zentimeter vor der Mattscheibe und mit jedem neuen Bild auf dem Bildschirm geht auch sein Köpfchen mit.

Inzwischen haben wir seine Vorliebe erkannt – und was

haben wir gemacht? Ab sofort stand ein Lederhocker vor der Mattscheibe, damit unser schlaues Katerkind auch wirklich alle wichtigen Neuigkeiten aus erster Hand serviert bekam.

Aber auch auf andere Art beweist unser griechisches Kind uns, dass es ein wenig anders als die anderen ist.
Fangen wir einfach mal mit einer normalen Situation an. Petersen kommt ins Haus, Nikos empfängt ihn in der Diele mit ganz vielen lautstarken »Miaus« – Petersen eilt heran, um seinem kleinen Griechen die geforderten Empfangsstreicheleinheiten zu verabreichen –und was passiert regelmäßig? Dieser kleine Kater legt sich nicht wie ein »normales« Kerlchen hin, sondern fällt einfach ohne Vorwarnung voll auf die Seite. Egal, ob rechts oder links! Am Anfang hatten wir wirklich Bedenken, ob das alles so in Ordnung sei, aber er hat diese Zirkusnummer immer noch drauf – und erntet jedes Mal bei Petersen Lob. Also ist alles im grünen Bereich.

Allerdings beobachten wir seine »Laufgeschwindigkeit« doch schon mit etwas Unbehagen. Jedes Mal sagen wir uns: »Ja, ja, er wird bestimmt ruhiger, wenn er älter wird.«
Das mag vielleicht für die meisten Katzen gelten – nicht aber für Nikos! Bei ihm habe ich den Eindruck, dass er mit jeder Woche seines fortschreitenden Alters um einen Kilometer pro Stunde schneller wird.
Und ehrlich – ich weigere mich jetzt schon, im Garten als Streckenposten zu fungieren und kleine Leckerlis und Wasser zu reichen!

Er ist jetzt gerade mal sieben Jahre alt, und ich mag gar nicht an die Zukunft denken! Aber wie war das mit der grie-

chischen Rennmaus mit Olympiaambitionen? Ich glaube, ich sollte ihn doch mal so langsam anmelden!

* * *

So sehr, wie wir diesen wunderschönen Kater auch lieben und vergöttern – er hat nicht nur Sonnenseiten. Als Tobi bei uns einzog und er sich gerade an uns gewöhnt hatte, passierte Folgendes: Ich saß oben im »Tobizimmer« auf dem Sofa, Tobi leistete mir Gesellschaft, kuschelte auf der Rückenlehne rechts hinter mir. Die Zimmertür stand offen und ich war zuerst wirklich nicht beunruhigt, als Nikos ins Zimmer kam.

Er sprang auf die linke, also andere Seite des Sofas, erblickte Tobi, fing an zu knurren und wollte sich auf ihn stürzen. Bevor es dazu kam, hatte Mutter blitzschnell ihren rechten Arm auf der Rückenlehne dazwischen gelegt und verhinderte damit den Angriff auf Tobi. Allerdings nicht auf ihren Arm. Nikos stürzte sich wie wild auf meinen Unterarm, biss und kratzte wie entfesselt.

Das Ergebnis war: Mein rechter Unterarm blutete wie verrückt, wir haben ihn notdürftig verbunden, beim Doktor bekam ich dann noch eine Tetanusspritze und einen richtigen Verband.
Die Narben habe ich heute noch – aber ist das wichtig?
Jeder von uns macht mal Fehler – wichtig ist nur, dass sie von liebenden Menschen akzeptiert und damit vergeben werden.
Und wir lieben Nikos immer noch!

Obwohl er immer, wenn es möglich ist, allen anderen Mit-
bewohnern zeigt, dass er – und nur er – der Chef im Haus
ist, benimmt er sich dann plötzlich wieder genau wie das
Baby, das wir von Griechenland mitgenommen haben.

Wenn ihn seine Zärtlichkeit übermannt, kommt er zu mir
ins Bett, arbeitet sich zu meiner Armkuhle durch, lässt sich
reinfallen, schnurrt und schläft sofort ein.
Ja, das tut so wunderbar gut. Denn jeder Mensch von uns
braucht eine positive Bestätigung für das, was er macht.
Und wenn er die nicht bekommt, kann es wirklich schon
mal zu ernsten Situationen kommen.

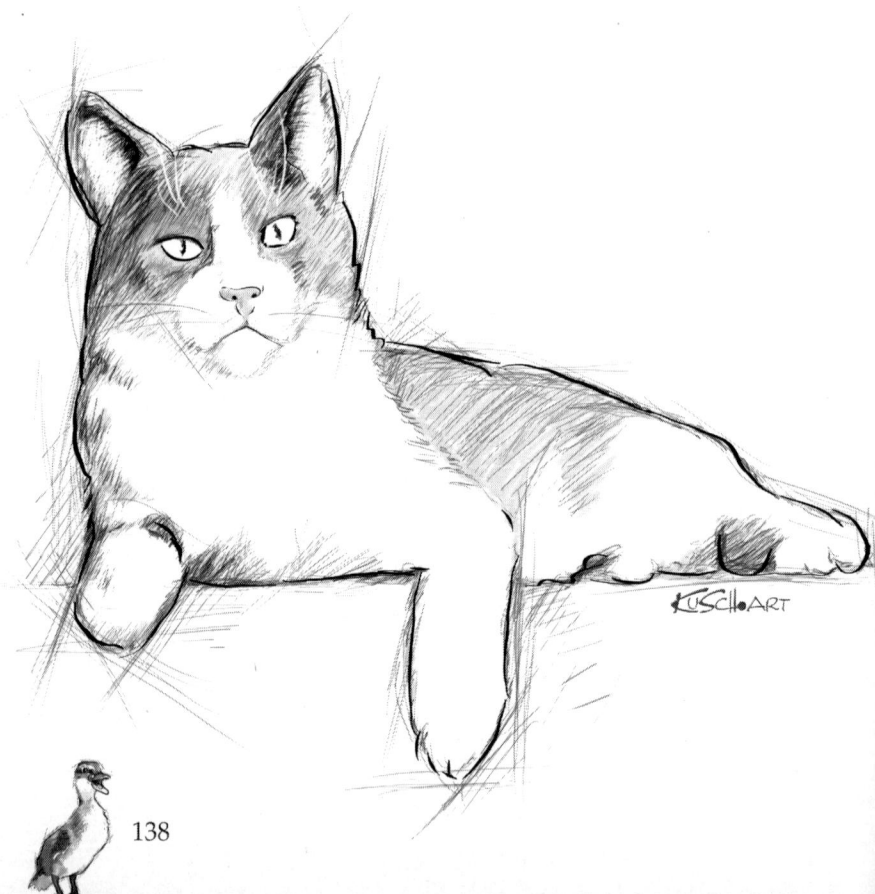

Vicky von Sylt
(geb. Nimmersatt)

Mein Petersen ist geborener Sylter und mittlerweile liebe sogar ich diese Insel heiß und innig. Wir haben dort eine wunderschöne Wohnung und versuchen so oft wie möglich ein paar Tage dort auszuspannen. Leider können wir seit dem Tod unserer Freundin Inge immer nur getrennt fahren, denn irgendjemand muss ja auf unsere Tiere aufpassen und sie versorgen.

Mitte Dezember 2006 war Petersen an der Reihe, er hatte geschäftlich dort zu tun und am Dienstag, den 12. Dezember, fuhr er los.

Wie immer sagte ich zu ihm: »Bleib doch diesmal ein oder zwei Tage länger, du musst doch nicht immer so hin- und herrasen.«

Und wie immer hörte ich von ihm: »Ja, ja.«

Natürlich telefonieren wir in dieser Zeit regelmäßig und so war es nichts Besonderes, als am nächsten Vormittag das Telefon klingelte und mein Petersen an der Strippe war.

»Na, alles klar zu Hause?«

»Natürlich«, antwortete ich, »alle haben ausgiebig gefrühstückt, sind jetzt satt und zufrieden und machen ihren Vormittagsschlaf. Auch die Pieper sind okay. Und wie läuft es bei dir?«

»Ach, ich bin gerade bei Lars – sein Vater ist vor zwei Monaten gestorben.«

»Wie furchtbar, bitte sprich ihm mein Beileid aus!«

»Ja, mach ich. Aber das ist nicht das Problem.«

»Wie bitte? Was soll das denn heißen?«

»Na, sein Vater hatte eine Katze, die lebt nun schon zwei Monate ganz allein in der leeren Wohnung und wird jeden Abend von Lars gefüttert. Nun soll sie aber ins Tierheim!«

»Aber Petersen, so was geht doch überhaupt nicht. Gibt es da keine andere Lösung?«

»Naja, ich hab da schon mal drüber nachgedacht …«

»Petersen, bitte hör auf! Schau dir die Mieze an. Ist es ein Mädchen, ist es einfach, ist es allerdings ein Junge, bekommen wir bestimmt einige Schwierigkeiten wegen Nikos. Also schau dir die Katze an und sag mir bitte gleich danach Bescheid!«

Er versprach es und wollte mich sofort, nachdem er sich die Katze angesehen hatte, anrufen.

Also saß ich da und wartete.

Ich wartete eine Stunde!

Ich wartete zwei Stunden!

Nach drei Stunden hatte ich die Nase voll und rief zu Hause auf Sylt an. Es nahm keiner ab. Nun wählte ich die Handynummer meines Gatten und hatte Glück.

»Ja, was ist denn?«

In mir kochte es langsam!

»Petersen, du wolltest mich sofort anrufen, nachdem du die Katze gesehen hast, was ist denn nun los?«

»Na, ich habe sie mir doch auch angesehen.«

»Ja und?« Langsam wurde ich ungeduldig. »Ist es denn

nun ein Junge oder ein Mädchen, und wie sieht sie aus?
Nun sag doch endlich was!«
»Es ist ein Mädchen und sie ist wirklich unglaublich
süüüüüß! Außerdem sitzt sie neben mir im Auto, wir sind
im Moment noch mit dem Autozug auf dem Damm – tja,
und wir kommen nach Hause!«
Ich atmete hörbar aus. Ja, du meine Güte – manches Mal
kostete dieser Mann wirklich Nerven!

* * *

Tja, und dann kam er mit dem Katzenkorb in unser Haus.
Wunderbar gelaunt, guter Dinge und sagte nur: »Hier issi!«
Ich glaube nicht, dass Sie jetzt meine Gefühle nachempfin-
den können – denn bitte: Wer war denn »Issi«?
Wir tauften sie Vicky! Die ersten Wochen mit Vicky werde
ich nie vergessen! Noch nie habe ich eine Katze in so kurzer
Zeit so viele Faucher ausstoßen hören, wie bei ihr. Petersen
schob nur seine Schultern hoch und meinte: »Na, das wird
sich doch sicher ganz schnell geben! Hier ist sie doch
schließlich mit Gleichgesinnten und liebenden Menschen
zusammen!«
Nur zur allgemeinen Info: Es hat sich überhaupt nicht
schnell gegeben! Ich ging wirklich ziemlich lange schwan-
ger mit der Meinung: Sie mag uns nicht – und sie mag mich
nicht!

Aber – oh Wunder – irgendwann wurden diese blöden Fau-
chattacken nur noch ganz selten und ich begriff: Diese
kleine, wunderbare Katze hatte anscheinend noch nie gelernt, sich in einer anderen Sprache mitzuteilen. Offensicht-

lich hatte ihr bisher noch niemand beigebracht, dass eine Katze auch miaut und sich so auch verständigen kann.

Ich habe wirklich wochenlang ihre Faucher ignoriert und liebevoll mit ihr gesprochen – übrigens auch in der Miau-Sprache. Und so kamen wir dann auf dieser Ebene endlich wirklich zusammen – und ich war mal wieder die glücklichste Katzenmama der Welt!

Habe ich vorhin eigentlich schon mal beschrieben, wie sie aussieht?

Also jetzt für alle Katzenfans: Einfach mal festhalten! Egal wo! Denn dieses Miezenmädchen haut wirklich jeden um! Ja – natürlich höre ich jetzt alle notorischen Zweifler mal wieder laut lamentieren: Für Mütter sind die eigenen Kinder natürlich immer die Allerschönsten!

Und darauf kann ich nur erwidern: richtig!

Trotzdem ist die kleine Vicky – zart, wie sie ist (mal abgesehen von ihrem runden Bäuchlein) – eine wirkliche Schönheit. Ihr getigertes Fell ist auf dem gesamten Rücken fast schwarz gefärbt. Auf der Brust hat sie einen großen weißen Fleck, ihr Gesicht ist sehr ausdrucksvoll gezeichnet und wird von ihren wunderschönen, riesengroßen Augen beherrscht.

Das Verrückteste sind aber ihre Füße. Die kleine Dame hat nämlich vornehm weiß lackierte Zehen! Hinten sind alle vier schneeweiß – und vorne nur jeweils die Mittleren beiden. Das alles sieht zusammen so wunderschön und edel aus, dass man dem Schöpfer dieses kleinen Wesens nur für seinen perfekten Tag danken kann.

* * *

Vicky hatte von Anfang an ihre eigenen Vorstellungen vom Frühstück. Zusammen mit den anderen in der Küche speisen – das ging gar nicht! Außerdem war ihr vom ersten Tag an eine Schale Futter zu wenig – sie verlangte sofort Nachschlag – sprich die doppelte Portion. (Schließlich ist sie von mir nicht umsonst eine »geb. Nimmersatt« getauft worden.) Gut finde ich es bis heute nicht, aber sie drängelt jedes Mal so aufdringlich, dass ich mich geschlagen gebe. Naja, und da sie nicht in der Küche mit den anderen Katzenkindern fressen wollte, einigten wir uns in der ersten Zeit auf Petersens Bad im Erdgeschoss – und da hatte ich den Napf auf die Kommode zu stellen.

Mittlerweile ist sie oben in das kleine Gästezimmer gezogen. Dort steht auf einem Katzen-Platz-Set ihr Wassernapf und dort wird ihr dann auch regelmäßig ihr Menü serviert. Daneben steht dann auch noch die eigens für sie angeschaffte Katzentoilette, denn man ist ja ein wenig eigen – man muss doch nicht unbedingt nach draußen, wenn es da gerade regnet oder der böse kalte Wind weht!

* * *

Was bis heute mit dieser kleinen Vicky passierte, habe ich eigentlich noch nie bei einer unserer Katzen erlebt – und wir sind ja mittlerweile schon wirklich sehr erfahrene Katzeneltern. Den ersten Schlafplatz, den sich diese Kleine aussuchte, fand ich zuerst überhaupt nicht. Kennen Sie das? Sie

143

rennen durchs Haus – suchen und rufen – rufen und suchen.
Und was finden Sie? Richtig: Nix!

Irgendwann kam ich dann mal ins große Badezimmer oben
und schaute – eher per Zufall – auf unser weißes Regal mit
teils offenen und teils mit Schubläden versehenen Fächern
– und wen entdecke ich da? Meine so oft und so lange ge-
suchte Vicky! Da schlummerte sie doch wirklich friedlich
vor sich her – auf einem Frottee-Tuch in einem der offenen
Fächer! Das Tuch war natürlich rosa – wie es sich für ein
Mädchen gehört!

Ab da ging es immer besser. Nicht nur, dass wenn ich die Kleine nicht fand, ich zuerst immer im Badregal nachsah – nein, sie kam auch immer öfter ins Bett im Gästezimmer. Gut – jetzt muss ich mal ein Geständnis machen. Ich wandere so etliche Nacht mal ins kleine Gästezimmer (sprich Vicky-Zimmer) aus und ich bin ganz ehrlich. Ich schlafe schon seit Jahren mit Ohropax (nein – ich bekomme keine Prämienzahlung dieser Firma), denn nicht jeder Frau ist neben ihrem »ein ganz klein wenig lauter schlafenden« Gatten die erforderliche Bettruhe gegeben. Petersen hat es mittlerweile in aller Ruhe akzeptiert – und meine Vicky auch.

Jedes Mal freu ich mich, wenn die Kleine zu mir kommt – allerdings auf ihre ganz eigene Art: Zuerst bemerke ich eine Bewegung auf der Matratze (als Mutter bekommt man so was ja sofort mit). Nach ein paar Minuten bewegt sich dann diese kleine Katze auf mich zu. Sie hat mittlerweile zwei Zugangspraktiken entwickelt: Entweder sie schleicht sich an meiner Seite ran, prüft durch zärtliches Abschnuppern meiner Arme und meines Gesichtes, ob ich auch die richtige Mama bin – und – neiiiin – es kitzelt überhaupt nicht und ich kann total entspannt bleiben!

Hat sie mich endlich positiv ausgeschnuppert, überlegt sie noch eine halbe Ewigkeit, was sie denn jetzt tun soll. Die beste Variante für mich ist, dass sie sich voller Inbrunst an meine Seite »schmeißt«, mich wärmt und wir zusammen einschlafen.
Die zweite Variante ist die »Bergsteiger-Tour«. Mein Kind besteigt dann im wahrsten Sinne des Wortes Mutters »Gebirge« – sprich Mutters Beine und anderen Knochen. Ehrlich: Ich bin dann nicht so ganz glücklich – denn: Ich bin

nun mal nicht mehr die Jüngste – und es tut manches Mal einfach nur weh! Aber was soll's: Hauptsache, meinen Tierkindern geht es gut!

Wenn ich allerdings ganz viel Pech habe, entschließt die kleine Maus sich, auf dem »Gipfel« (Mutters Schulter oder Hüfte) ihren Schlafsack auszurollen. Nein – es nervt überhaupt nicht! Sie probiert nur die ca. 100 Varianten der besten Liegestellungen aus – und das alles auf mir.

Fragen Sie jetzt eventuell nach dem Vater dieses Kindes? In diesem speziellen Fall gibt es ihn gar nicht! Denn er ist meilenweit weg, er schläft tief und entspannt mit einem kleinen Schnarcher. Sollte ich ihn eventuell wegen solch einer winzigen Lappalie wecken? Natürlich nicht!

* * *

Vicky hat sich wirklich gut in unsere gemischte WG (heißt Wohngemeinschaft – schon vergessen?) eingefügt. Allerdings hat sie alle Eigenschaften einer hochadligen Sylter Dame aus der Gesellschaft behalten. Wenn wir sie rufen, kommt sie nie beim ersten Mal. Na gut – als feine Dame reagiert man anscheinend auch so. Allerdings auch nicht beim zweiten oder dritten Mal. Und was bleibt uns? Wir gehen nach oben, nehmen sie in den Arm, gehen wieder nach unten und setzen sie dann ganz sanft vor der Haustür auf den Boden. Sie dreht sich dann noch mal um und ich lese in ihren Augen: Und warum hast du das nicht schon früher gemacht?
Nein – dazu möchte ich mich in diesem Moment nicht wirklich äußern.

Wir haben es noch keine einzige Sekunde bereut, dass wir dieses Katzenmädchen bei uns aufgenommen haben. Schließlich ist sie eine Sylterin, und ich fürchte, sie ist irgendwie mit meinem Petersen verwandt. Schließlich hat sie die gleichen Charaktereigenschaften wie mein Gatte, und das sind: echt naturbelassen, störrisch, eigensinnig und trotzdem äußerst liebenswert. Also eine echte Nordfriesin! Und mit denen kann ich mittlerweile verdammt gut umgehen!

Penny

(Engel, gibt's die wirklich?)

Ich weiß mittlerweile, dass man diese traumhaften Wesen in den wundersamsten Gestalten finden kann. Sie müssen nicht immer in Menschengestalt in weißen Gewändern und großen Flügeln auftauchen, nein! Engel gibt es in den unterschiedlichsten Varianten.

Ich habe vor einiger Zeit von einem Freund ein kleines Porzellanengelchen geschenkt bekommen. Seitdem steht es bei mir in der Küche – und wacht über mich! Allerdings haben wir auch in anderer Form solch ein wunderbares Wesen bei uns im Haus. Es hat aber doch ziemlich lange gedauert, bis ich das begriffen hatte.

Es begann damit, dass wir beschlossen hatten, zusammen ins Tierheim Winsen zu fahren. Jeder ausgemachte Tierfreund weigert sich aus ganz natürlichem Egoismus, in solch eine Institution zu gehen – denn irgendwann ist auch das eigene Haus mit Tieren genügend gefüllt, dass man schon deshalb aus lauter Realismus »nein« sagt.

Mein Petersen hatte allerdings einen echten Grund, mich zu fragen, denn er wollte unseren Enkelkindern zwei kleine Häschen oder Kaninchen zu Weihnachten schenken, und für ihn gab es dafür zuerst den Weg ins Tierheim. Grund für

148

mich, mitzugehen, denn warum sollte man Tiere in der Handlung kaufen, wenn arme kleine Viecher im Heim auf ein gutes Zuhause warteten?

Als wir das Hauptgebäude mit der Anmeldung betraten, war uns doch schon ziemlich mulmig zumute. Links der Tresen mit der Anmeldung, rechts ein Zimmer mit halbhoher Glasscheibe und dem Katzenzimmer. Von vorne kam Hundegebell, und da wir uns vorher angemeldet hatten, führte man uns sofort zu den vorhandenen Kaninchen.

Allerdings nicht, ohne vorher – wie hypnotisiert – in die grünen Augen dieser einen kleinen Katze zu sehen. Sie saß auf der »Fensterbank« hinter der Glasscheibe.
Sie tat nichts!
Sie saß einfach nur da und existierte!
Ihre Augen hielten uns gefangen, und als ich mich dann endlich von ihr losriss, sah ich in Petersens Augen und wusste: Auch bei ihm war die Botschaft angekommen.

Wir gingen zu den Käfigen der vorhandenen Kaninchen, aber leider waren sie viel zu groß und auch zu alt für unsere kleinen Enkel. Der eine war sogar absolut aggressiv – und wir mussten leider absagen.

Und wieder mussten wir bei unserem Rückzug an diesem Katzenzimmer vorbei. Noch immer saß diese kleine graugetigerte Maus auf dem gleichen Fleck hinter der Scheibe und beobachtete uns aufmerksam. Petersen machte daraufhin die Tür einen winzigen Spaltbreit auf und streichelte sie. Sie genoss es und schmolz fast dahin. War das fair?

Wir mussten wieder gehen und ließen sie mit all ihren zärtlichen Gefühlen alleine. Ich sah in Petersens Augen und entdeckte auch da plötzlich ungeahnte Wärme. Ich dachte nur: Männer! Aber dann: War so was denn überhaupt möglich? Was tat sich hier?

* * *

Es kam Weihnachten. Es war wirklich ein wunderschönes Fest. Wir hatten liebe Freunde zu uns eingeladen, mein Petersen hatte – wie jedes Jahr – schon seit zwei Tagen die Küche in Beschlag genommen und eigenhändig den Rotkohl geschnippelt und aufgesetzt. Natürlich briet er auch die Gans – und ich war gerade mal gut genug dafür, die Soße abzuschmecken.

Ja, ich weiß, das klingt sehr nach einer ziemlich faulen und eigentlich überflüssigen Ehefrau (damit bin natürlich ich gemeint), aber wenn Petersen kocht, ist die Küche sein Himmelreich und er bringt jedes Jahr das allerbeste Weihnachtsessen auf den Tisch. Ich dagegen bin für die ganze Weihnachtsdeko im und außerhalb des Hauses verantwortlich und natürlich auch dafür, dass dann in entsprechend stilvoller Art getafelt werden kann.

* * *

Die Feiertage waren vorüber, Herd und Küche und Haus waren wieder einigermaßen normal und wir schrieben den 27. Dezember. Wir sagten uns nach dem Aufstehen »Guten

Morgen« und liefen dann jeder in eine andere Richtung. Petersen in die Dusche – ich in die Küche zum Kaffeekochen und Tiere füttern. Genau, wie es sich in einer normalen Familie gehört.

Als dann jedes Familienmitglied endlich sauber und satt war, sah mich Petersen einfach nur an – und ich sagte:»Ja – sofort – ich brauch nur zwei Sekunden!« Ich holte den Katzenkäfig aus dem Keller und schon ging es los. Natürlich waren wir uns auch in diesem Fall mal wieder völlig einig – wir würden die Kleine zu uns holen.

Gott sei Dank war sie noch da und genau so sanft und lieb, wie wir sie in Erinnerung hatten. Mein Gatte fing allerdings bei dem Ablösepreis leicht an zu bocken – aber wozu haben diese Männer ihre Frauen. Ohne Schwierigkeiten ging es nach Hause und die sanfte Dame begann, sich in ihrem neuen Zuhause umzusehen. Und sie machte es genau auf ihre ganz eigene Art, nämlich ganz langsam und ganz sanft.

* * *

Natürlich hatten und haben wir mittlerweile genügend Erfahrung durch unsere vielen verschiedenen und auch unterschiedlichen Katzenkinder – aber so was wie diesen kleinen Engel hatten wir bisher noch nie erlebt. Wir tauften sie »Penny«.

Wir wissen bis heute nicht, was dieser kleinen sanften Dame passiert ist – aber als Erstes fiel uns auf, dass wir sie nicht auf den Arm nehmen durften. Und das bis heute nicht! Was war da passiert! Was hat sie Schlimmes erlebt?

Sie kann es uns nicht sagen, aber zeigt uns ihre Liebe zu uns auf andere Art. Bei jeder möglichen Gelegenheit kommt sie zu uns aufs Sofa, setzt sich neben uns und beginnt zu schmusen. Mit ihrem Köpfchen stupst sie uns an, schnurrt laut und wartet darauf, von uns gekrault zu werden. Mittlerweile haben wir gelernt, ihre Körpersprache zu verstehen, denn – verbal geht es bei ihr gar nicht!
Nein, sie ist nicht stumm – aber sie hat so ein winziges kleines Stimmchen, dass wir immer nur schmunzeln, wenn sie uns was sagen will.
Oder finden Sie es normal, dass eine normal große, wunderschöne getigerte Katze Sie mit einem winzigen, kleinen, kaum hörbaren »miiii« anspricht? Wenn ich dann meinen Petersen frage, was sie denn gesagt hätte, kommt von ihm dann nur: »Ach Nerke, du weißt doch, worüber ich gestern mit ihr gesprochen hatte – sie wollte es einfach nur noch mal bestätigen!«
Jaaa, ich habe alles vollständig verstanden – natürlich!

(Kleiner privater Tipp von mir an dieser Stelle: Bitte fragen Sie nie Ihren Mann nach dem wahren Inhalt solch eines intimen Gesprächs!)

* * *

Unsere Penny ist auch heute noch ein wahres Engelchen. In all der Zeit hat sie sich auf ihre wunderbare sanfte Art ihren Lieblingsschlafplatz erobert und zieht sich, wann immer es

angebracht und möglich ist, auf die Fensterbank im Ess-
zimmer zurück. Rechts ein Blumentopf – links ein Blumentopf – und eine wohlig wärmende Heizung darunter. Ein
wunderschönes Bild, und es sei ihr gegönnt.

Natürlich sind wir bei ihr auch als Türöffner willkommen.
Da ihr Stimmchen kaum zu hören ist, setzt sie sich in die
Diele und wartet geduldig auf einen Augenkontakt zu uns.
Wenn sie weiß, wir haben sie gesehen, steht sie auf und geht
langsam zur Haustür. Und klar – einer von uns steht auf
und öffnet die Tür. Dazu kommt von ihr kein Kommentar,
sondern nur ein liebevoller Blick als Dank. Und das ist
mehr als genug!

Penny ist jetzt etwa zwölf Jahre alt und ich hoffe, sie bleibt
noch lange bei uns. Aber wenn es dann soweit ist, wird sie
über die Regenbogenbrücke ins Paradies gehen. Sie wird
dort alle ihre Geschwister, ihre Eltern und auch alle Freunde wiedertreffen – und sie wird dann wieder ein wunderschönes junges Katzenmädchen sein.
Vielleicht sogar mit zwei kleinen, weißen Flügelchen?

Nachwort

Ich habe wirklich sehr lange gebraucht, um all diese Geschichten aufzuschreiben. Ich glaube aber, dass ich genau deshalb – mit einem gewissen Abstand – alles sehr real wiedergeben konnte. Und genau das bin ich meinen Tierkindern schuldig.

Genau wie bei uns Menschen gibt es auch unter den Tieren die verschiedensten Charaktere. Und genauso gibt es unter den Tieren Freundschaft, Liebe, Akzeptanz und Hass. Und für uns als Tiereltern ist es nicht immer leicht, das richtig zu deuten.

Im Moment leben bei uns noch:
unser »Engelchen« Penny (ca. elf Jahre),
Nikos, der »Grieche« (sieben Jahre),
Vicky von Sylt (ca. zehn Jahre) und
Tobi, unser schwarzes Luxusmodell (ca. 10 Jahre).

* * *

Unser Graupapagei Charlie ging am 4.3.2011 über die Regenbogenbrücke ins Paradies.

* * * * * *

Uschi Nerke studierte von 1962 bis 1965 Architektur an der Kunsthochschule Bremen mit Abschluss als Architektin. Gleichzeitig machte sie eine Lehre als Bauzeichnerin. Von 1965 bis 1968 schloss sie ein weiteres Studium an der Hochschule für Technik mit Abschluss als Dipl. Ing. Hochbau an. Von 1968 bis 1978 hatte sie ein eigenes Architekturbüro.

1964 brachte die Autorin eine Single bei Decca unter dem Pseudonym *Karina* heraus. Auf der A-Seite:»Hier ist mein Platz«; auf der B-Seite:»Ein kleiner Traum«. 1965 bis 1972 moderierte sie den Beat-Club in der ARD. Von 1972 bis 1989 den Musikladen. Ab 1985 moderierte Uschi Nerke viele Oldie-Nächte, dazu ab 1988 bis 1990 die wöchentliche TV-Oldie-Sendung»Yesterday« bei Tele 5, von 1991 bis 1993 die»Brautschau« bei RTL. Dazu kamen noch etliche Rundfunksendungen wie z.B. bei Radio Nora, RTL-Oldie-Radio und FAN FAN 95 in Hamburg.

Seit Mai 2001 moderiert sie jeden Samstag von 13.00 bis 15.00 Uhr den Beat-Club live auf Bremen 1.

2005 erschien ihr Buch»USCHI NERKE – 40 Jahre mein BEAT-CLUB«. Zurzeit arbeitet sie an dem Album»Uschi Nerke & Friends«, das bei *Taff-Staff Music* erscheinen wird.